中华魂

ZHONGHUA HUN

百部爱国故事丛书

思想自由 兼容并包

——著名教育家蔡元培

萧超然 王 彦 编著

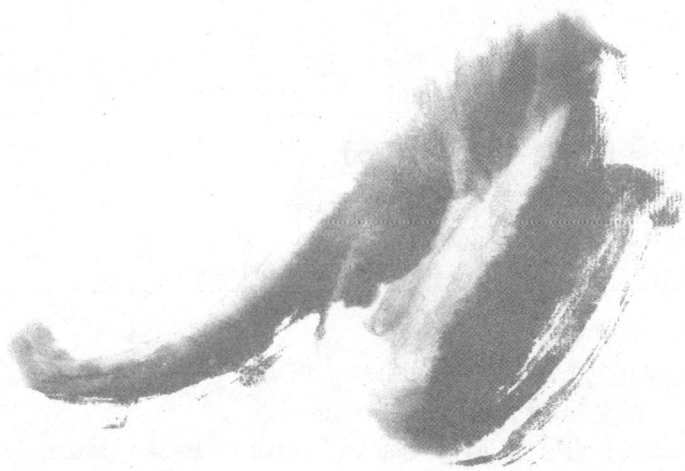

吉林人民出版社

图书在版编目（CIP）数据

思想自由兼容并包：著名教育家蔡元培／萧超然，
王彦编著 . -- 长春：吉林人民出版社，2011.3（2021.8 重印）
（中华魂·百部爱国故事丛书）
ISBN 978-7-206-07496-7

Ⅰ . ①思… Ⅱ . ①萧… ②王… Ⅲ . ①故事—中国—
当代 Ⅳ . ① I247.8

中国版本图书馆 CIP 数据核字 (2011) 第 032626 号

思想自由兼容并包
——著名教育家蔡元培
SIXIANG ZIYOU JIANRONG BINGBAO
——ZHUMING JIAOYU JIA CAI YUANPEI

编　　著:萧超然　王　彦
责任编辑:刘子莹　　　　封面设计:孙浩瀚
制　　作:吉林人民出版社图文设计印务中心
吉林人民出版社出版 发行（长春市人民大街7548号　邮政编码:130022）
印　　刷:北京一鑫印务有限责任公司
开　　本:787mm×1092mm　　1/16
印　　张:8　　　　　字　数:64千字
标准书号:ISBN 978-7-206-07496-7
版　　次:2011年3月第1版　　印　次:2021年8月第2次印刷
定　　价:35.00 元

如发现印装质量问题,影响阅读,请与出版社联系调换。

总　序

　　《中华魂》是一套故事丛书。它汇集了我国自鸦片战争以来一百八十余年间的近百位民族英雄、仁人志士、革命领袖、先进模范人物的生动感人事迹，表现了他们作为中华儿女的伟大的爱国主义精神。

　　爱国主义是人们对于"生于斯、长于斯、衣食于斯"的祖国的一种神圣感情，是人们对于自己民族的一种强烈的责任感和使命感，是感召和激励整个中华民族的一面永不褪色的旗帜。在一百多年的中国近现代史上，爱国主义一直激励着中华儿女为祖国的独立、统一、进步和繁荣而英勇奋斗。从"苟利国家生死以，岂因祸福避趋之"的林则徐，到"我自横刀向天笑，去留肝胆两昆仑"的谭嗣同；从"铁肩担道义，妙手著文章"的李大钊，到"青春换得江山壮，碧血染将天地红"的赵一曼；从"县委书记的好榜样"的焦裕禄，到"问鼎长天，扬我国威"的邓稼先……都表现出了强烈的爱国主义精神。正是由于热爱祖国的人们前仆后继地奋斗，国家和民族才得以生存，才能够在一次次历史危急关头转危为安，走向兴盛和富强，从而屹立于世界民族之林。爱国主义是鼓舞中华儿女历经忧患、跨越沧桑、百折不挠、自强不息的伟大力量，它贯穿于中华民族的整个历史，并有力地凝聚着五洲四海的中国人。

爱国主义是一个历史的范畴，在社会发展的不同阶段、不同时期有不同的具体内容。革命时期，需要我们为祖国的独立自主出生入死；建设时期，需要我们为祖国的繁荣富强增砖添瓦。在全国各族人民团结一心，开启全面建设社会主义现代化国家新征程的今天，我们要争做一名新时期的爱国者。新时期的爱国者要有强烈的民族自尊心、自豪感。民族自尊心、自豪感是任何时期、任何爱国者都必须具备的情感。民族自尊心能增强我们自立向上的恒心，民族自豪感能树立我们建设祖国的信心。要树立"祖国高于一切"的崇高信念，为了祖国和人民的利益不惜抛却个人的利益，甚至不惜牺牲个人的生命。我们要树立终身学习的理念，拓宽自己的知识面，广泛吸收新知识、新技术，完善自身的知识结构，更新学习知识的方法与理念，从思想上、知识上充分武装自己，为祖国的繁荣昌盛贡献力量。

爱国主义思想的继承和发扬，是关系到民族盛衰、国家兴亡的根本问题。爱国主义思想情操的形成，需要不断地培养。培养爱国主义精神的一个重要途径是向英雄人物和典范事迹学习和致敬。这套丛书的出版,对于青少年向英雄和先进人物学习,特别是对于在中小学生中进行爱国主义教育是不可多得的生动的教材。祝愿此书出版发行成功,为培养时代新人做出贡献。

胡维革

教育是帮助被教育的人，给他们能发展自己的能力，完成他的人格，于人类文化上能尽一分子责任；不是把被教育的人，造成一种特别器具，给抱有他种目的人去应用的。所以，教育事业当完全交予教育家，保有独立的资格，毫不受各党派或各派教会的影响。

　　　　　　　　　　　　　　——蔡元培

目　录

中华**魂**百部爱国故事丛书
ZHONGHUA HUN

商 人 世 家

据《绍兴县志资料》记载，蔡元培的先世系于明代隆庆、万历年间(1567—1619)由渚暨迁至山阴，初以艺山售薪为业，后来某代祖先因遭同行妒忌，被斧砍伤，从此不再经营木材业。到蔡元培的高祖以下，才开始经商。到了祖父辈，祖父蔡廷桢曾任当地一家典当铺经理，因经营有方，家业中兴，在笔飞弄买下一幢坐北朝南、大厅三楹的房屋，为祖宗置祭田，为广孙购地造屋，逐渐成为小康的家庭。

蔡廷桢行事以公正著称，共生育七子。蔡元培的父亲蔡宝煜排行老大，后在上海一家石印局任职。二叔经营绸缎业；三叔好武，不知所往，亦不知所终；四叔任钱庄经理；五叔和七叔也都在钱庄任职；只有六叔铭恩读书，考试入学，为廪生，成为蔡元培父辈行列中唯一一个读书登科的人，对蔡元培青少年时代的读书多有指导。蔡元培在《口述传略》中自述："孑民有叔父，名铭恩，字茗珊，以廪膳生乡试中式。工

001

思想自由 兼容并包

——著名教育家蔡元培

制艺，门下颇盛。亦治诗古文辞，藏书亦不少。孑民十余岁，即翻阅《史记》、《汉书》、《困学纪闻》、《文史通义》、《说文通训定声》诸书，皆得其叔父之指导焉。"

清朝时，绍兴作为浙东商业和文化中心，盛行着这样一种习俗：家有两个儿子以上者，往往一个经商，另一个则学而优则仕。蔡元培的大哥蔡鉴清曾在上海崇实石印局任职，三弟蔡元坚后在绍兴县钱庄业中工作，他们子继父业，而蔡元培却走上了读书的人生道路。

1872年，蔡元培5岁，入塾就读；塾师是一位周先生。自父亲去世以后，家中无力再续聘塾师，12岁时，就读于家对门李申甫先生所设的私塾。14岁以后，改入离家约有半里远的王子庄先生的塾馆。每日他早去晚归，在塾中就午餐，自带下饭的菜，生活相当艰苦朴素。

蔡元培开始时先读《百家姓》、《千字文》、《神童诗》等3部"小书"，再读《大学》、《中庸》、《论语》、《孟子》，就是所谓的"四书"，然后读《诗经》、《尚书》、《周易》、《礼记》、《春秋左氏传》，也就是"五经"。

蔡元培在学塾所学的全部学习内容，为他打下了文字和书法的基础。蔡元培的少年时代就是在这种严格的训练中度过的。

科举岁月

1889年，光绪皇帝亲政举行恩科，蔡元培参加科试，列位第一名，秋天，又去杭州参加乡试，中了举人，浙江省中士者共155人，蔡元培位居23名。同科中除同学徐维则、王佐、童学琦外，还有张元济、汪康年、汪大燮、胡道南等，彼此结下了友谊。

中举后，蔡元培在当地有了名声。上虞县修县志，县志局聘请他担任总纂，因所订编纂条例遭分纂反对，便辞去了此职。1890年早春二月，蔡元培与徐维则一道，北上京城，参加为光绪皇帝亲政所举行的恩科会试。当时有人认为这不合科举要求，因此蔡元培不等放榜就打道回府了，谁曾料榜上有名。

1894年，蔡元培在北京通过散馆考试，由二甲庶吉士升格为翰林院编修。至此，蔡元培在科举仕途上达到了顶点，这时蔡元培才28岁，已是一个"声闻当代，朝野争相结纳"的名士了。

蔡元培在翰林院供职，功成名就，光宗耀祖。正是在他中举的1889年，他与王昭结婚，大儿子阿根1896

臣蔡元培年二十六歲浙江紹興府山陰

縣人由附學生中式光緒十五年

恩科本省鄉試舉人十六年

恩科會試中式貢士十八年

保和殿補覆試第三等

殿試第二甲

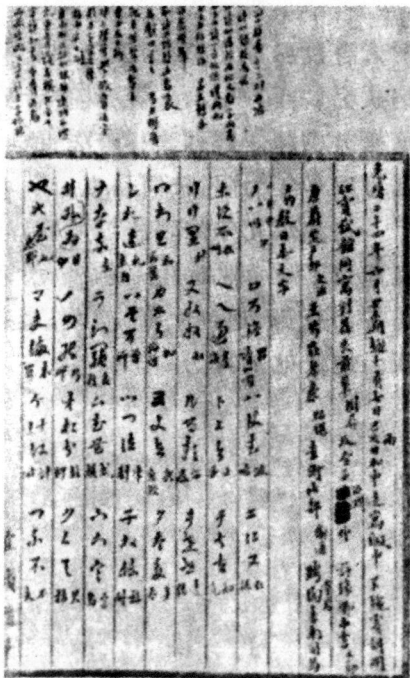

年11月出生，二儿子无忌1898年4月来到人间，家庭美满。就在蔡元培在科举仕途上平步青云时，中国社会正在酝酿重大而深刻的变化。

1894年，甲午战争爆发，翌年大清帝国惨败。日本军国主义强加给中国人的民族灾难，震撼着正在奉职于朝廷的青年翰林蔡元培。

救亡图存，路在何方。那时的国人，竞相做出各自的回答，想出了不同的道路。其中，一条是以孙中山为代表的革命道路；一条是以康有为、梁启超为代表的改良主义道路。改良主义者上书光绪皇帝，请求变法，但好景不长，"百日维新"的戊戌变法以失败而告终。对于戊戌变法，蔡元培明确表示："维新党人，吾所默许。"他认为，"康党所以失败，由于不先培养革新之人才，而欲以少数人士取政权，排斥顽固，不能不情见势绌"。

自甲午以后，朝士竞言西学，蔡元培涉猎译本书。戊戌，与友人合设一东文学社，学读和文书。和文书就是日文书，蔡元培认为，"西方书价昂贵，其要者日本皆有译本。通日文即可博览西方书籍。且西文(英、法、德等文)，非三五年不能通，日文则可以半年为限，较简易也"。

委身教育

"清廷之不足为，革命之不可以已。"戊戌变法的失败使蔡元培走上了"浩然弃官归里"，主持教育，以启发民智的道路。翰林的归来，给文化古城绍兴带来

蔡元培（后排中立者）与家人合影。

了几许惊喜，起初也有人谣说蔡元培是康梁维新党，是回乡避难，蔡元培充耳不闻，置之不理。不久，他就被绍兴中西学堂的创办人徐树兰聘为学堂监督。

中西学堂是用绍兴公款设立的，徐树兰兼校董。依学生程度，学校分为三斋，相当于后来的高小、初中和高中一年级。开设的课程中有哲学、文学、史学、数学、理科和训育等，西学主要是外语和自然科学。任课教师均是本门领域中深有造诣的学者。蔡元培到校任监督，进行了一些改革。增设日语，专门聘请日本籍教员，这样，这所学堂开设的外语课程除先前的英、法两种，又增加了日语，一个小型学校竟然能开设三门外语课，在当时不能不是一件新鲜事，在中国外语教育史上是有开先河意义的。

这期间，蔡元培的家庭生活发生了变故。他的原配夫人1900年6月5日不幸病逝。蔡元培为妻子王昭女士写了悼念文章，以宽广的胸怀赞誉夫人。一年后，说媒者络绎不绝于门庭，蔡元培皆不中意。于是，他公开提出择偶的五项条件：(一)女子须不缠足者；(二)须识字者；(三)男不娶妾；(四)男死后，女可再嫁；(五)夫妇如不相合，可离婚。这在纲常礼教狂横的时代，逆伦悖理，"媒者无一合格，且以后两条为可骇"。天赐良缘，就在蔡元培与童亦韩在杭州办学期间，偶然得知江西黄尔轩先生的次女仲玉，工书画，而且孝顺，又意外看到她的画，很是称心如意，便请人从中说媒。黄仲玉欣然接受，即行订婚，1902年元旦结婚。婚礼上，设孔子位，同行三跪九叩首礼，以演说会代替闹洞房，实为罕见，在当时是开了新风气的先河。

创立中国教育会

南洋公学所在的上海，是维新运动结束后国内各类新学人士云集的地方。蔡元培在执教期间开始涉足报界和出版界。1901年10月，他与乡试同年好友张元济合议创办《开先报》，后改名为《外交报》，蔡元培手订《创办〈外交报〉叙例》。同时，他为蒋智由创办的国内第二张文摘报——《选报》撰写叙论。为帮助国人"知世界风云之所趋"，他选录梁启超、严复等当世名士著译文章42篇，编辑《文变》一书，交由商务印

书馆出版。1902年，蔡元培应张元济的聘请，兼任商务印书馆编译所所长，负责制定国文、历史、地理三科教科书的编纂体例。开始了他与商务印书馆的第一次成功合作。

在南洋公学期间，蔡元培的社会活动中，值得大书的是创办中国教育会。

1901年冬，蒋智由等发起要创立一个女校，得到了蔡元培的赞成和参与。1902年爱国女校办起来了，女校创建时由蒋智由管理，不久，蒋去日本，蔡元培便负责工作。

随后，他和上海教育界一批有影响的人士如叶浩吾、蒋观云(智由)、钟观光、林少泉、黄宗仰、王季同、汪德渊一起发起成立了中国教育会。教育会1902年4月20日诞生，会址设在上海泥城桥外福源里21号。该会于4月27日选举蔡元培为会长，王慕陶、蒋观云、戚元丞、蒯若木、叶浩吾等为干事，陈仲謇为会计。中国教育会以教育中国男女青年，开发其智识，而增

思想自由 兼容并包
——著名教育家蔡元培

进其国家观念，以为他日恢复国权之基础为目的。专门编订教科书。会内设立了教育、出版、实业3个部，预备设立男女学堂，编印教科书，出版教育报，兼办工厂、企业和公司等。尽管时局急剧变化，教育会的计划未能得到从容落实，甚至连一本教科书也没有编成，工作进展极为缓慢，但这些有识之士改革旧教育的新思想涌动澎湃。中国教育会含有教育、革命的双重历史责任，它"表面办理教育，暗中鼓吹革命"。成为国内最早鼓吹民主革命思想的社会母体。在后来的苏报案发生之后，中国教育会便于1907年停止了活动。

爱国女校首届开学典礼，后排左五为蔡元培。

光复会会长

1904年，是蔡元培生命历程中比较重要的一年。

10月下旬，黄兴领导的华兴会在湖南策划武装起义，未及发动，即因事机泄漏而流产，黄兴等从长沙逃到上海。蔡元培一面热情接待前来上海避难的华兴会会员，一面与狱中的章太炎商议，决定仿照华兴会，成立光复会。

蔡元培本人由此成为东南地区革命活动的核心人物。

华兴会、光复会是继兴中会之后较有影响的两个革命团体。1905年8月20日，孙中山与黄兴、陈天华等革命党人在日本东京成立统一的革命政党中国同盟会，公推孙中山为总理，黄兴为执行部庶务，主持同

陶成章

徐锡麟

盟会总部的实际工作。蔡元培虽然没有参与中国同盟会的创建工作，但他襟怀坦白，积极将光复会纳入同盟会的领导之下。在东京的光复会成员吴春畅推荐蔡元培为上海分会会长，不久黄兴从东京来上海携带了孙中山的委任书，面交蔡元培。

求学莱比锡

1906年秋，蔡元培只身一人由上海抵北京等候派遣，家属则留在了绍兴。到北京后，出现了新情况。原来翰林院诸公认为离家远涉重洋太苦，故去西洋者寥寥。而清政府这边又经费短缺，于是一律改派就近赴日本。是年12月，蔡元培给学部的呈文中说："窃职素有志教育之学，以我国现行教育之制，多仿日本。而日本教育界盛行者，为德国海尔伯脱派。且幼稚园创于德人弗罗比尔。而强迫教育之制，亦以德国行之最先。现

在爱国学社同受军训的蔡元培

今德国就学儿童之数，每人口千人中，占百六十一人。欧美各国，无能媲者。爰有游学德国之志。"蔡元培不愿去日本，决意赴德游学，只好暂时留京，从长计议。

1907年4月，清政府任命顺天府尹孙宝琦为驻德公使，这乃蔡元培赴德求学的天赐良机。孙宝琦，浙江杭州人，其弟孙宝埴与蔡元培系故交。蔡元培想以半工半读的方式随孙君赴德留学，便托宝埴和叶浩吾等亲朋向孙宝琦游说，也自访孙君，承孙君美意，答应接纳他为驻德公使职员，并允以每月资助学费30两。此外，蔡元培与商务印书馆商量，在海外为编教科书，得相当的报酬，以供养家用。商务印书馆与他约定每月送他编译费100元。这样，蔡元培便解决了留德期间的生活费用问题。6月10日，蔡元培随孙宝琦一行离开北京经天津抵山海关，由沈阳取道哈尔滨，经莫斯科赴德，7月11日抵达柏林，实现了他赴德留学的夙愿，开始了为期4年多的留学生涯。

经过莱比锡大学中

1907年，离京赴德前夕的蔡元培。

思想自由　兼容并包
——著名教育家蔡元培

国文史研究所主持孔好古(Augus, Conrady)教授的推荐，蔡元培顺利进入了该校。

莱比锡大学汇集了一批世界著名的学者。尽管蔡元培注册的是当时国内尚不重视的哲学专业，听讲课程范围却很广，从哲学到文学，从心理学到美学，从民族学到比较文明史，从美术史到自然科学发展史，几乎涵盖了所有的人文学科，蔡元培在德国4年，其中在莱比锡3年有余。其间，他编著了《中学修身教科书》5册，《中国伦理学史》1册，并翻译了《伦理学原理》，均署名蔡振，交由上海商务印书馆出版。

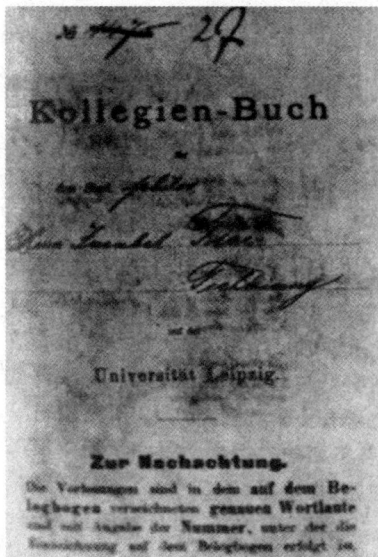

编著《中国伦理学史》

蔡元培不满足对中国传统哲学已有的深厚涵养，在中国知识分子开始注视西方文明的时候，他就将视野转向西方哲学。留学德国，他在莱比锡大学哲学系注

册，重视哲学的学习和研究，在学术研究上也取得了重大成果。

蔡元培选择翻译了《伦理学原理》。

虽然在海外留学，蔡元培依然十分关注中国的文化。他认为，如果不将西方的伦理学说和我国传统的思想体系作比较，择善而从，势必陷入彷徨的歧路。中国文化以伦理道德为核心，但还没有建立学术意义上的伦理学，更没有专门研究伦理学史。于是，蔡元培依据西洋学术史的原则，在日本学者研究东洋伦理学史的基础上，系统整理了中国传统的伦理学说，编著了《中国伦理学史》。

蔡元培对于中西文化善于兼收并蓄，在留学生涯中，不仅获得了西洋文化知识，更重要的是开辟了一条东西文化比较研究——撞击——交融的通途，当之无愧地成为中国现代文化界一位学贯中西、熔中外新旧于一炉的大师。

倡 导 美 学

蔡元培从小生活在山川秀丽的自然美的环境中，培育了他对美的感悟。在德国留学时，他重视研究国学中的伦理学，对国学中素不重的"美学"也产生了极大兴趣，他在《自写年谱》中回忆在莱比锡大学的情况时说："我于讲堂上既常听美学、美术史、文学史的讲演，于环境上又常受音乐、美术的熏习，不知不觉的渐集中心力于美学方面。尤因冯德讲哲学史时，提出康德关于美学的见解，最注重于美的超越性与普遍性，就康德原书，详细研读，益见美学关系的重要。"蔡元培基于这一认识，此后便不遗余力地提倡美育。

在莱比锡数年，亲身感受异域文化。他"暑假中

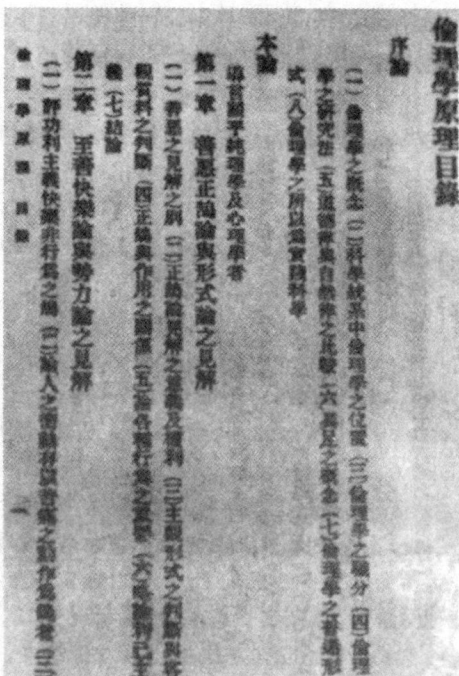

常出去旅行；德国境内，曾到过特莱斯顿、明兴、野拿、都绥多弗等城市；德国境外，则仅到过瑞士。往瑞士时，我本欲直向卢舍安；但于旅行指南中，见百舍尔博物馆目录中，有博克令氏图画，遂先于百舍尔下车，留两日，畅观博氏画二十余幅，为生平快事之一。博氏之画，其用意常含有神秘性，而设色则以沉着与明快相对照，我笃好之。"实地感受，获得美学知识，蔡元培乐此不疲。

"美育者，与智育相辅而行，以图德育之完成者也。"蔡元培强调美育是养成健全人格所不可缺少的因素。"以美育代宗教"思想，被公认为是蔡元培美育思想中的一个重要理论。他指出，"美育是自由的，而宗教是强制的；美育是进步的，而宗教是保守的；美育是普及的，而宗教是有界的……""以美育代宗教"引起社会共鸣，怪不得曾有人1917年初致函陈独秀，"以美育代宗教之伟论，在吾国思想界，实得未曾有。……最好请蔡先生著论阐明斯理，登诸大志，以为迷信宗教者告，则造福青年界，岂浅鲜哉！"

组织留法教育

二次革命失败后，蔡元培在吴稚晖的建议下，放

弃再次赴德计划，1913
年9月5日携家眷乘日本
邮船，转赴法国，10月
14日抵达法国马赛，次
日转往巴黎，由华法教
育会李石曾等招待，暂
寓于巴黎附近之科隆布
镇华法教育会办事处，
从此开始了他游学法国
的生涯。

蔡元培在法国

1912年春，吴稚晖、
李石曾等人在国内发起
成立留法俭学会，倡导
并鼓励中国青年赴法留
学。该会的宗旨是"以节俭费用，为推广留学之方法；
以劳动朴素，养成勤洁之性质。"蔡元培时任民国教育
总长，对该会极表赞同和支持。抵法后，蔡元培更是
致力于此一事业。

1916的4月，华法教育会在巴黎开办华工学校，课
程有法文、中文、算学、普通理化、图画、工艺、卫生
和修身等。蔡元培在华工学校中负责编写行为和美术方
面的教科书，写成《华工学校讲义》40篇，并亲自授

课。《讲义》于是年8月起在《旅欧》杂志上连续发表。这样，在旅法期间，蔡元培众望所归地成为旅法学界的一面旗帜。

蔡元培、李石曾等开创的勤工俭学运动存续了相当长一段时间。1916年蔡元培回国就任北大校长后，仍兼任华法教育会会长。留法教育和勤工俭学，是中国近代教育史和留学史上的新篇章，对推动近代教育事业和中国社会的发展产生了重大而深远的影响。

拟创教育部

1912年元旦下午5时，孙中山由上海乘车到达南京车站，一时间军乐齐奏，欢呼声响彻天空，长江上的军舰鸣礼炮210响。这天晚上，孙中山在南京宣誓就任中华民国临时大总统，宣告中华民国正式成立。

中华民国临时政府设立9个部，由总统提名各部总长、次长名单。孙中山提名的人选名单是：陆军部

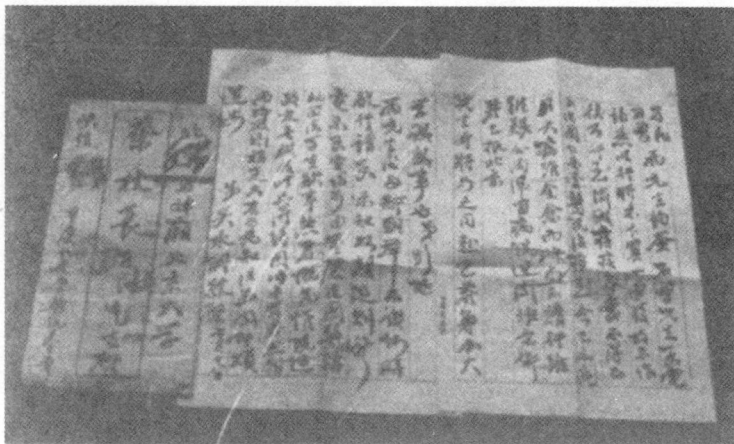

吴玉章致蔡元培、李石曾函。

黄兴，海军部黄钟瑛，外交部王宠惠，财政部陈锦涛，司法部伍廷芳，内务部程德全，实业部张謇，交通部汤蛰仙，教育部蔡元培。

蔡元培一度表示不做官、不入阁的立场，答应章太炎将不在孙中山组织的临时政府中任职。人选名单提出后，孙中山派薛仙舟去劝说蔡元培，薛仙舟不辱使命，力邀蔡元培入阁，他说，此次组阁，除君与王宠惠外，各部均以名流任总长，而同盟会老同志居次长的职位；但是，如果诸位名流尚观望不前，君等万不可推却。薛仙舟还说，他此行还须约陈兰生，备任财政总长，如果蔡元培君不去，陈就更无指望了。蔡元培听薛一番话，深感革命尚未成功，还是顾全大局要紧，最终答应就任，积极配合孙中山组织中华民国临时政府。

1912年1月5日，蔡元培以民国教育总长的身份出席了南京临时政府的首次国务会议。

　　蔡元培做总长的教育部，最初只有他一个人，首要任务便是组成一个部。他接受孙中山的任命后，便躬身拜访爱国学社的老同事蒋维乔，说是他自己旅居欧洲几年，对于国内教育有些隔膜，邀蒋维乔助他一臂之力。另外，他又找了一名会计员，就这样，教育部便正式开张了。

　　蔡元培组建教育部，并没有依照官制草案配备人员，而是精兵简政。他说："我之主张，办理部务，当与办理社会事业一例：在正式政府未成立，官制未通过参议院以前，不必呈荐人员。除总次长已由大总统任命外，其余各人，概称部员，不授官职。为事择人，

1916年在法国与法华教育会人士合影。四排左二为蔡元培。

思想自由　兼容并包

——著名教育家蔡元培

中华民国南京临时政府教育部旧址

亦不必多设冗员。"初设部时，连蔡元培在内仅有3个人，后来加上缮写人员在内也只有30多人。当时人员不分等级，月薪一律30元。但是，正是这样的一班人马，办事很有朝气，不推诿拖拉，"苟有案牍，随到随办"。工作人员每天从上午9时到下午4时半，分工做事，凡小学、中学、专门，大学各项学制，部员"各就所学，担任起草，一如书局中之编辑所，决无官署意味"。那时，教育部的工作主要是拟订改革教育的方案和法令，而以后民国历届政府所颁行的各种学制、课程设置和管理规程等法案，大都是在蔡元培任教育总长任上草就的，有时一天之内有20多份草案需要完成。

民国初建，百废待兴，为确保近代新教育思想和

在新诞生的中华民国南京临时政府中任教育总长的蔡元培

方针的实施，蔡元培主持教育部先后颁布了《普通教育暂行办法》、《普通教育暂行课程标准》、《民国教育部官职令》等，还有一些教育法令。《小学校令》规定普及初等小学义务教育，开了历届政府不得不多少重视小学教育的先例；《中学校令》废除清末规定的文实(理)分科，废除在中学强迫学生"读经讲经"；《大学令》和《专门校令》规定大学重点在培养学术研究人才，专门学校重点在培养实际工作人才。此外，蔡元培主持的教育改革，还包括允许初等小学实行男女同学，废止清末规定的学校出身奖励等。这些对封建教育制度产生了不少的冲击。在近代中国，还没有一名主管中央教育部门的最高官员，像蔡元培那样，任职不过半年，却办了那么多有益于中国教育进步的大事，在近代中国教育史上留下了不可磨灭的痕迹。

思想自由　兼容并包

——著名教育家蔡元培

孙中山致教育总长蔡元培函

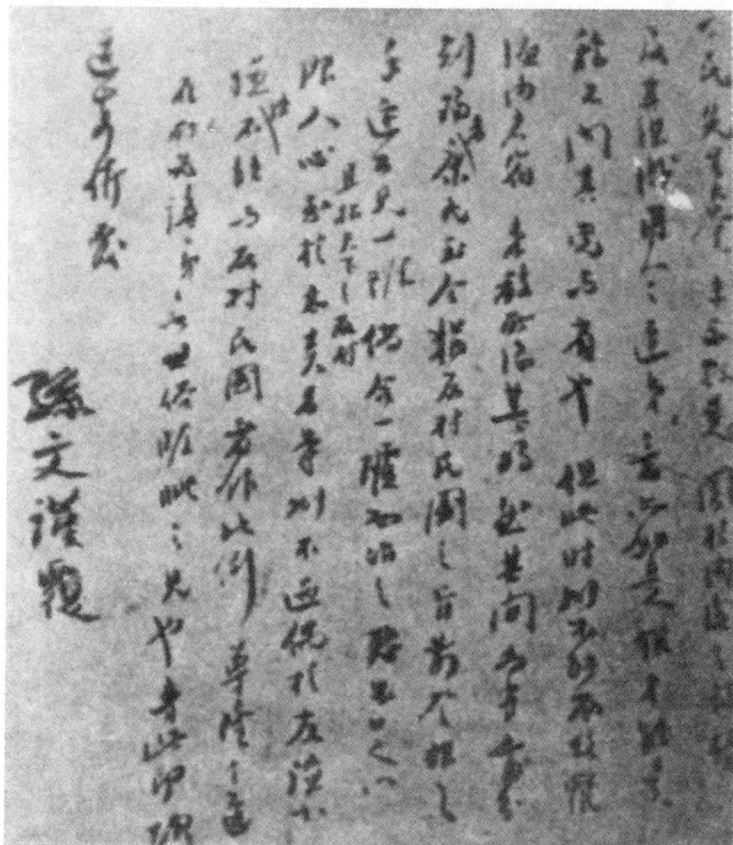

　　1912年2月12日，清帝退位，南北议和告成。第二天，孙中山被迫宣告辞职，推荐袁世凯继任总统。15日，参议院正式推举袁世凯为临时大总统。18日，南京临时政府任命蔡元培为欢迎袁世凯专使，北上迎袁。蔡元培执掌教育总长大印仅一个月左右，政局竟发生了这样的变化，他只得暂时离开教育部一段时间，率迎袁专使团履行新的使命。

蔡元培在教育部的日常工作中择善而从，博采众长，集思广益。他重视大学教育，对如何办好中小学没有经验，便将这方面的工作委诸范源濂，二者在工作中配合默契，教育部的工作呈现一派蓬勃奋发的气象。

蔡元培半年来兢兢业业于教育改革，掀开了中国近代教育史上新的一页。

筹备临时教育会议

民国元年，各省都督府或省议会鉴于学校之急当恢复，发临时学校令，以便推行，其良苦用心在于维持学校。但是，各省各自为政，不免互有异同，将使

被孙中山任命为专使、前往北京迎接袁世凯南下就职的蔡元培（前左五）。

全国统一的教育界俄焉分裂，至为可虑。蔡元培赴任南京临时政府教育总长后，于1月25日特电告各省，发布了《中华民国教育部普通教育暂行办法通令》。《通令》指出，"至于完全新学制，当征集各地方教育家意见，折衷至当，正式宣布。"

蔡元培将建立新学制作为一项重要工作，在教育部专门成立了学制起草委员会，邀请教育界著名人士，还有从日、俄、欧美等国归来的中国留学生，各有所长，分着起草有关小学、中学、专门学校和大学的学制。随后，为广泛听取教育界及社会各界人士的意见，蔡元培允准所起草的三个学制初稿全文刊登在教育刊物上，昭示天下。

南京临时政府解散后，蔡元培在北京政府教育部总长任内积极奔走，布置召开全国临时教育会议，以便集中全国教育界的智慧，确立新的学制。

蔡元培在全国临时教育会议期间辞去教育总长，有人向他问道："子何不以国家为前提，而悻悻然必欲辞职也？"他回答说，"否，否，我之辞职，正我之不敢不以国家为前提也。"辞职虽甚有遗憾，正如他在《答客问》中所坦言，"临时教育会议，为半年来所注意之规划，而不能始终其事，尤疚心焉。"同时又觉欣然的是，尽管会议的部分议案竟因他的辞职而被折衷修改，但"惟政务一方面既有不可不去之原因，则不能不牺牲事务以就之，盖一部之于一国其轻重固悬殊也。且吾在教育部，绝不敢谓吾所主张者之皆可以实行，而尤希望继我者之所主张，较我为切实也"。

全国临时教育会议历时1个月，于8月10日闭幕。它开创了中国近代教育的先河，新的教育制度在我国以法律的形式开始确定下来，奠定了中国近代教育体制的基础，实质上也是对清朝教育制度的一次彻底否定。

革 新 北 大

北大从1912年至1913年的短时间内，先后更换了五位校长：严复、章士钊、马良、何燏时和胡仁源。民国以来，北大虽进行了一些改革，但昔日京师大学堂腐败的官僚习气和旧传统依旧因袭下来，很难将其打破。

12月26日，蔡元培正式被任命为北京大学校长。当时，蔡元培由总统任命后，教育部即致送简任状，随后教育总长范源濂又专函说明，蔡元培系特任人员，与初任简任不同，特任与部长同级。

1917年元月4日，蔡元培到北大走马上任。他到

辞去教育总长的蔡元培偕夫人黄仲玉（左一）、女儿威廉（左二）和儿子柏龄赴德国莱比锡大学继续学习。

校的那一天，在北大正门门口的校役们见新校长来了，排队在门口恭恭敬敬向他行礼，蔡元培见了，从马车座上欠身，脱帽，点头，微笑，规规矩矩地向校役们鞠躬还礼。蔡元培的举止令校役们惊讶，自从有这个学校20年里，他们从未见过一个学监、教授，甚至学生，正眼看过他们，如今的校长非同凡响。不久，蔡校长宣布，学生称校役为"工友"。蔡元培这位具有革新精神和民主作风的校长的到来，给暮气沉沉的北京大学带来了新的气息。

1917年1月9日，北京大学举行开学典礼。蔡元培发表就职演说，这就是著名的《就任北京大学校长之演说》。蔡元培与北大学生约法三章：一是抱定宗旨，他说，"大学者，研究高深学问者也"。二是砥砺德行，"诸君为大学学生，地位甚高，肩此重任，责无旁贷，故诸君不惟思所以感己，更必有以励人"。三是敬爱师友，"自应以诚相待，敬礼有加。至于同学共处一堂，尤应互相亲爱，庶可收切磋之效"。蔡元培新官上任，当务之急，一是改良讲义，二是添购书籍。由此，蔡元培开始了对北大进行大刀阔斧的改革。

在蔡元培的"兼容并包"、"思想自由"八字方针之下，北大形成各派并存、百家争鸣的新局面，学术思想空前活跃，研究、讨论之风盛极一时。当时，有这样一个场面：在北大三院礼堂里是留美博士胡适在

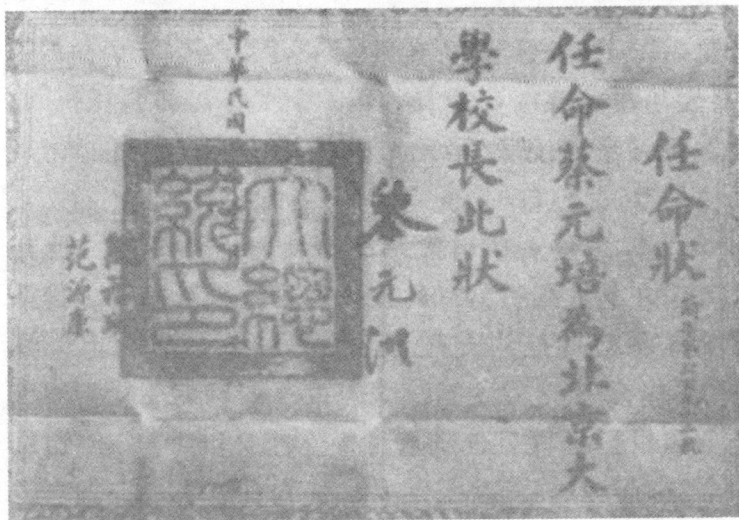

1916年12月26日黎元洪签署的任命蔡元培为北京大学校长的任命状

讲授《中国哲学史》，上课时间是星期六下午，而在这同一时间，在北大二院礼堂里则是旧学深厚的教员梁漱溟在高谈阔论。在文字学上黄侃是旧国粹派，钱玄同是新白话派。有一次钱玄同在讲课，而对面教室黄侃也在给学生上课，黄侃丝毫不在乎对面的钱玄同，他摇头晃脑地高声大骂钱玄同的观点如何荒谬，不合古训，你讲你的"之乎者也"，我讲我的"的了吗呢"，好不热闹有趣。

1917年12月，蔡元培联合北京九所高等学校校长发起组织学术讲演会，宣布本会"以传布科学，引起研究兴趣为宗旨"。他邀请高校教授和学者担任讲演员，分期讲演，重振儒林讲学之风。1918年，他又发起组织北京大学新闻学研究会，蔡元培兼任会长，文科教授徐宝璜任主任导师，《京报》社长邵飘萍兼任导师，旨在"灌输新闻知识，培养新闻人才"。

师，旨在"灌输新闻知识，培养新闻人才"。在蔡元培的大力提倡和支持下，各种学会在当时的北大校园如雨后春笋般呈现，好一派学校氛围。1918年，值北京大学建校20周年，蔡元培不无遗憾地说，"北京大学之设立，既二十年于兹，向者自规程而外，别无何等印刷品流布于人间"。于是，创办了《北京大学月刊》。在谈起北大发行《月刊》的必要性时，蔡元培撰写发刊词写道：一是尽吾校同人所能尽之责任；二是破学生专己守残之陋见；三是释校外学者之怀疑。这样，"有月刊以网罗各方面之学说，庶学者读之，而于专精之余，旁涉种种有关系之学理，庶有以祛其褊狭之意见，而且对于同校之教员及学生，皆有交换知识之机会，而不至于隔阂矣。"

北京大学作为世界著名高等学府的形象和盛名，塑就于蔡元培。蔡元培在《我在北京大学的经历》中

任北京大学校长时的蔡元培

思想自由　兼容并包

——著名教育家蔡元培

总结说："我们第一要改革的，是学生的观念。"

教 授 治 校

蔡元培1917年到北大就主持设立评议会，作为全校的最高立法机构和权力机构。评议会指定和审核学校的各种章程、条令，凡大学立法均须经评议会通过；决定学科的废立；审核教师的学衔和学生的成绩；提出学校的预决算费用等。评议会由若干评议员组成，校长是当然的议长。评议员包括各科学长和主任教员，各科本、预科教授各二人，由教授自行互选，任期一年，期满得再被选。第一届评议员有：校长蔡元培，文科学长陈独秀，理科学长夏元琛，法科学长王建祖，工科学长温宗禹，文本科教授代表胡适、章士钊，

蔡元培《自写年谱》手迹，其中回忆了他办北大的原则。

1918年6月蔡元培（前排中坐者）、陈独秀（前排右二）与北大文科国文门第四次毕业班师生合影。

文预科教授代表沈尹默、周思敬，理本科教授代表秦汾、俞同奎，理预科教授代表张大椿、胡溶济，法本科教授代表陶履恭、黄振声，法预科教授朱锡龄、韩述祖，工本科教授代表孙瑞林、陈世璋。1919年后，评议员的产生按名额分配：每5名教授得举评议员1人，投票表决确定。评议会"以容纳众人意见"，具有民主讨论的风气。1922至1928年任北大物理系教授的李书华曾这样回忆这一时期的评议会工作情景："我曾被选作评议员，目睹开会日对于各种议案的争辩，有时极为激烈。"

《新青年》续刊北大

　　蔡元培就任北大校长后的改革是从整顿文科入手的，那么，文科学长一职，究竟谁来担任合适呢？此前，他访晤医专校长汤尔和，征询文科学长的人选问题。汤尔和向他举荐陈独秀，并取陈主编的《新青年》十余本给他看。当时的北大预科国文主任沈尹默也向蔡元培建议同一个人陈独秀。听汤、沈的介绍，蔡元培旧事重忆。他说，"我对于陈君，本来有一种不忘的印象，就是我与刘申叔君同在《警钟日报》服务时，刘君语我：'有一种在芜湖发行之白话报，发起的若干人，都因困苦及危险而散去了，陈仲甫一个人又支持了好几个月'。"当时，陈独秀因事在北京，住前门外一家旅馆。蔡元培曾先请沈尹默去找陈独秀征其同意。不料，陈独秀婉拒，他说要回上海办《新青年》。沈尹默再告蔡先

1920年赴欧美考察教育和学术的蔡元培

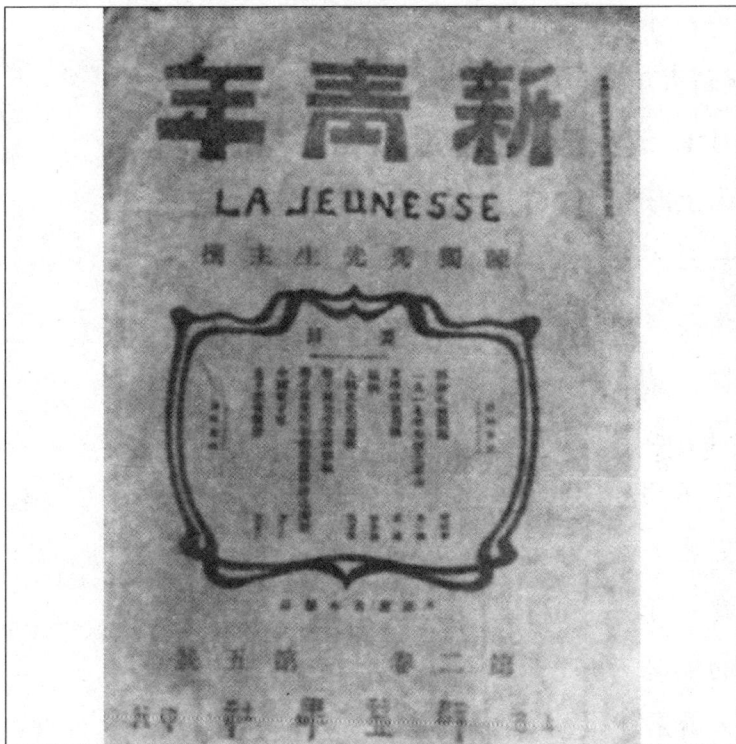

生，蔡先生说，"你和他说，要他把《新青年》搬到北京来吧"。

蔡元培即在他到校的第八天(1917年1月11日)，就致函教育部请聘任陈独秀为北大文科学长，呈文称："前安徽高等学校校长陈独秀品学兼优，堪胜斯任。"1月13日，教育部正式颁令任命陈独秀为北京大学文科学长。1月15日，北京大学《布告》第三号予以公告，这时陈独秀刚刚36岁。

陈独秀任北大文科学长后，《新青年》杂志随陈独秀由上海迁到北京。《新青年》于1915年9月15日在上海创刊，由上海群益书社发行，每月一期，原名《青年》，出到第二年2月15日共6期为首卷。后杂志因战事而停刊。1916年9月1日复刊，更名《新青年》。第二卷止于翌年2月，它的创办人和主要撰稿人就是陈独秀。

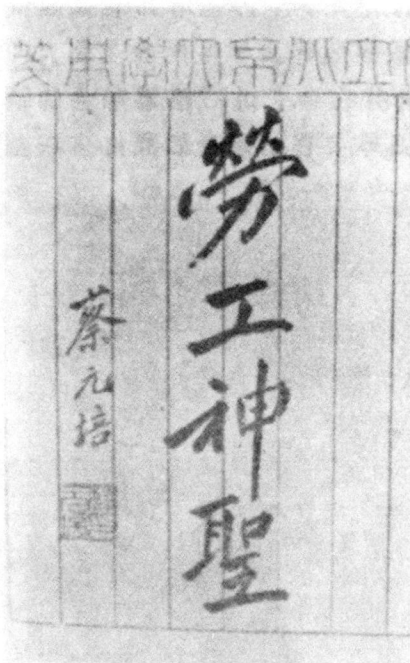

劳工神聖

蔡元培

　　1918年1月，《新青年》改组扩大，蔡元培先后引进或延聘新派教员李大钊、鲁迅、胡适、钱玄同、刘半农、沈尹默、高一涵等相继参加《新青年》的编辑工作。《新青年》从第2卷便开始有北大的作者，如李大钊、胡适、刘半农、杨昌济等。其后，《新青年》在北大出版了第3至第7卷。第3卷新加入的作者有章士钊、钱玄同、蔡元培、恽代英、毛泽东、常乃德、凌霜等，几乎全是北大人和青年人。第4卷，新加入的作者基本上是北大师生。这样，《新青年》杂志续刊北

京大学后有两个明显走势：一是"北大化"，二是"青年化"。

北京大学和《新青年》的结合，使北大逐渐成为新文化运动的中心。陈独秀成为蔡元培在北京革新的左膀右臂。蔡元培对陈独秀也极为器重，力加爱护。梁漱溟晚年曾评论道："我认为蔡元培先生萃集的各路人才中，陈独秀先生确是佼佼者。当时他是一员闯将，是影响最大，也是最能打开局面的人。但是，陈这人平时细行不检，说话不讲方式，直来直去，很不客气，经常得罪于人，因而不少人怕他，乃至讨厌他，校内外都有反对他的人。只有真正了解他的人才喜欢他，爱护他，蔡先生是最重要的一个人。由五四而开端的新思潮、新文化运动，首先打开大局面的是陈独秀，他在这个阶段的历史功绩和作用，应该充分肯定，但是，如果得不到蔡先生的器重、爱护和支持，以陈之所短，他很可能在北大站不住脚而无用武之地。"蔡元培回忆这段往事颇为欣慰。他说，"陈君任北大文科学长后，与沈尹默、钱玄同、刘半农、周启民诸君甚相得；后来又聘到已在《新青年》发表过文学革命通讯的胡适之君，益复兴高采烈，渐渐引起新文化运动的倡导势力，自一刊一校的革新力量结集起来，形成一个革新营垒。

毛泽东在北大

"强避桃源作太古，欲栽大木柱长天"。这是毛泽东的岳父杨昌济的至理名言。杨昌济1913年春从英国留学归来，应聘在湖南省立第一师范任教，同年，毛泽东也以第一名的成绩考入该校。杨昌济在一师教授修身、国文两课，曾将蔡元培留德学习期间翻译的《伦理学原理》作为伦理学教材，青年毛泽东极爱听讲此课，认真仔细地逐字逐句阅读这本十来万字的小册子，他加上圈点，打上单杠、双杠、三角等符号，写下了12000多字的批语。1950年，毛泽东回忆说："我们当时学的尽是一派唯心论，偶然看到这本书上唯物论的说法，虽然还不纯粹，还是心物二元论的哲学，已经感到很深的趣味，得了很大的启示，真使我心向往之了。"

1918年夏，杨昌济应蔡元培校长的聘请，来北大任哲学系教授，举家迁往北京。这时的芙蓉国里，湘水碧波，杜鹃似火，毛泽东结束了历时五年有半的求学岁月。6月下旬，杨昌济从北京来信，劝毛泽东去北京大学学习，同时还告诉他一个重要信息，那就是法国政府来中国招募工人，吴玉章、蔡元培等正在倡导青年"勤于做工，俭以求学"，利用这个机会到法国勤工俭学，并组织了"华法教育会"主办此事。毛泽东接信后十分高兴，及时组织新民学会会员集会讨论向外发展问题，认为赴法勤工俭学是培养和提高湖南学生的有效途径。

1918年8月，毛泽东等一行数人由长沙第一次来到北京。到京后，毛泽东开始住在豆腐池9号杨昌济先生

北京大学校长室旧址

北京大学"马克思学说研究会"成员

家，后来和蔡和森等住在一起，"隆然高炕，大被同眠。"生活的清苦使毛泽东感到非找个社会工作不可。

当时毛泽东决定留在国内，不去法国勤工俭学，拟在北大找工作。9月底，毛泽东经杨昌济介绍，认识了李大钊。同时，他和蔡和森等又给蔡元培校长写了封信。据肖瑜回忆那时的历史镜头说，写信是"要求他雇用我们的一个无法赴法国的同伴为校内的清洁工人。蔡元培先生是位了不起的人，他看了我们的信后，立即就明白这是怎么一回事。蔡元培便写了张条子给李大钊说，"毛泽东君实行勤工俭学计划，想在校内做事，请安插他在图书馆。"这样，又在李大钊的积极安排下，毛泽东做了北大图书馆的助理员。

在以后的日子里，毛泽东每天到刚落成的沙滩红楼一层的第二阅览室即日报阅览室，登记新到报刊和

1921年8月，蔡元培（中坐者）率中国教育代表团赴檀香山出席太平洋各国教育会议。图为代表团成员合影。

前来阅览人的姓名，管理15种中外文报纸。据统计，这15种报纸是：天津《大公报》、长沙《大公报》、上海《民国日报》、《神州日报》、北京《国民公报》、《唯一日报》、《顺天时报》、《甲寅日刊》、《华文日报》、杭州《文汇日报》、沈阳《盛京时报》、北京《导报》(英文)、《支那新报》(日文)两种、大阪《朝日新闻》。毛泽东在这里的工作是平凡琐碎的，待遇也很菲薄，每月月薪仅8元，但却给青年毛泽东提供了极为良好的学习环境。

毛泽东在北大工作期间，主动参加各种学术团体和学习活动，从中汲取新思想新文化。1918年10月14日，由蔡元培等发起组织的北京大学新闻学研究会成

立，毛泽东报名参加，成为一名积极的会员。1919年
2月19日，毛泽东作为24名会员代表之一，参加了在
文科第34教室召开的"研究会"的改选大会，选举蔡
元培为会长，徐宝璜为副会长。3月10日晚在理科第
十六教室，毛泽东听了李大钊为"研究会"会员所作
的讲演；每周还听取邵飘萍等的"新闻工作的理论与
实践"这门课。10月，新闻研究会第一班研究期满，
照会章规定，由会长蔡元培发给参加"研究会"学习
满期者每人证书一张。毛泽东和高君宇、罗章龙等共
32人各得了一张"听讲半年证书"。当时，毛泽东正在
湖南，证书未直接发到他手中。

毛泽东广泛结交活跃于当时北大新文化舞台上的
各方面知名人物，其中包括北大的校长、文科学长、
图书馆主任、知名教授、学生领袖等。1919年冬在京
的新民学会会员十几人联合"请蔡孑民、陶孟和、胡
适之三先生各谈话一次，均在北大文科大楼。谈话形
式为会友提出问题请其答复。所谈多学术及人生观问
题。"但是，毛泽东有时也会遭受白眼，当时，傅斯
年、罗家伦"没有时间听一个图书馆助理员讲南方土
话"，胡适"竟不肯屈尊回答一个小小的图书馆助理
员"的问题。毛泽东在和美国进步记者斯诺的谈话中
曾回忆到他和陈独秀的交往。他说："1919年我第二

次前往上海，在那里我再次看见了陈独秀。我第一次同他见面是在北京，那时我在国立北京大学。他对我的影响也许超过其他任何人。"毛泽东在北大图书馆与李大钊有机会朝夕相处，过从甚密，耳濡目染。毛泽东的工作室与李大钊的办公室同在红楼一层，相距很近。毛泽东曾一段时间上午在图书馆管理报刊，下午到图书馆主任室帮助李大钊拆看公文和信件。后来，毛泽东曾深情地回忆说："我在北京大学图书馆当助理员的时候，在李大钊手下，很快地发展，走上了马克思主义路上。"

1920年10月，湖南教育会举办学术讲演会，曾邀请蔡元培、章太炎、罗素、杜威等来湘讲演，毛泽东当时为湖南《大公报》撰写了讲演记录。蔡元培先后讲演12次，其中，《对于学生的希望》和《美术的价值》两篇讲演，都在报上刊登，署名："蔡孑民讲，毛泽东记"，一时影响强烈。

1921年8月，毛泽东在湖南创办了自修大学，开始任教务长，1922年4月后任校长。蔡元培对自修大学极为支持，应聘担任名誉校董，并为之题词："湖南学者，乃有自修大学之创设，购置书器，延聘导师，因缘机会，积渐扩张，要以学者自力研究为本旨。"1922年8月，蔡元培收到毛泽东起草的《湖南自修大学组织大纲》，欢喜得了不得，立即撰下《湖南自修大学的介绍与说明》一文，发表在《新教育》杂志上，他反复强调，自修大学"会吾国书院与西洋研究所之长而活用之，其诸可以为各省新设大学之模范者与!"

五四时期，蔡元培主政的北京大学，"一时新思潮勃兴，学术思想为之大变，尤其是我半殖民半封建的国家受了十月革命的影响，社会主义的思潮，汹涌于一般人士，特别是青年脑筋中，使中国苦闷而没有出路的革命知识分子得到了新生命，获得了新武器。因而就有冲破旧桎梏而创造新文学、新文化的勇气，因而就有反帝反封建轰轰烈烈的五四运动。这就为中国历史开一新纪元。虽然这是时代所产生的必然结果，而蔡先生领导之功自不可没。"此时的北京大学，给了青年毛泽东以深沉的心灵感悟和丰厚的知识营养，使毛泽东在成长为革命领袖的同时，在文化上和思想上有了飞跃的进步。

北大的思想之光

蔡元培任北大校长的第一个年头——1917年，李大钊进入北大，随即被蔡元培聘请为北大图书馆主任。蔡元培革新北大时，将图书馆的建设放在了较为突出地位，他曾请《甲寅》主编章士钊主持其事，但章士钊到任不久即辞职，他向蔡元培推荐李大钊接替图书馆主任职务。章士钊回忆，"时校长为蔡子民，学长陈独秀，两君皆推重守常，当然一说即行。"

1918年11月28日至30日，蔡元培发起组织在中央园(今中山公园)连续3天的讲演大会，李大钊在会上作了《庶民的胜利》的演讲。鲜明地指出，庆祝第一次世界大战协约国的胜利，"不是为哪一国或哪一国的一部分人庆祝，是为全世界的庶民庆祝"。

1920年12月，在李大钊倡导下公开成立了"北京大学社会主义研究会"，经蔡元培同意，《北京大学日刊》发布了《北京大学社会主义研究会通告》，这个研究会以"集合信仰和有能力研究社会主义的同志，互助的来研究并传播社会主义思想"为宗旨。它的成立表明当时在北大对社会主义的学习、研究已有组织和公开化。在蔡元培扶植社团、提倡百家争鸣的大环境中，"马克思学说研究会"于1921年11月从秘密走向正式公开。

李大钊是北大也是全国第一个接受和传播马克思主义的人。1920年7月8日，北大校评议会召开特别会议，决定"图书部主任改为教授"，李大钊兼任史学、经济等系教授，先后开设了《唯物史观》《现代政治》

《社会主义和社会运动》《社会主义史》《史学思想史》等课程，还做过《工人的国际运动与社会主义的将来》《马克思的历史哲学》《社会主义下的经济组织》《社会主义与社会运动》等讲座。这可以说是我国大学第一次开设马克思主义的理论课。但是，1924年，北京政府却以提倡共产主义的罪名，下令通缉李大钊。北大援引蔡元培的兼容并包、思想自由的原则，致函教育部："大学为讲学之地，研究各科学问实为大学教授应尽之责任，不能因此遽令通缉。"身处北大的李大钊曾把北大看作是"黑暗中之灯塔。"蔡元培以其思想和革新实践庇护着马克思主义在中国传播开来。

发表《教育独立议》

1920年蔡元培在欧洲考察，其间，北京国立八校教职员要求政府指定专项教育基金，清偿积欠，向北洋政府展开"索薪斗争"。3月中旬，这八校成立教职员联席会议，北京大学教授马叙伦、李大钊、王星拱、顾孟余等11名代表参加，李大钊曾任联席会议主席。6月3日，八校校长及各校教职员学生上千人到新华门向政府请愿，要求拨发教育经费。请愿队伍受到武力镇压。北大代理校长蒋梦麟受伤不能行动。法专学校

蔡元培与周峻结婚照

校长王家驹和马叙伦、沈士远等"头破额裂，血流被体"，李大钊昏迷倒地，不省人事。学潮随之波及全国。自此而后，政府与教育界更加水火不相容。

1921年9月，蔡元培从欧洲考察归国。他在一次北大教职员的会议上明确指出，"现在，我们觉得以前所用的罢课手段，实在牺牲太大了，罢课这么长久，而所收的效果，不过如此，这实是始料所不及的。我以为罢课是一种极端非常的手段，其损失比'以第三院做监狱'及'新华门受伤'还要厉害得多，因为想不到的一时的横逆，例如被狗咬、被疯人打，是无论如何文明的地方都不能免的，不算了不得的耻辱。独有我们唯一的天职我们不能不自己放弃他，这是最痛心的事。教育家认教育为天职，就是一点没有凭借，也要勉强尽他。古代的孔子、墨子，何尝先求凭借？就是二十年前，私立

思想自由　兼容并包
——著名教育家蔡元培

学校，不是有许多尽义务的教员么！现在，我们为教育所凭借的经费而逼到罢教，世间痛心的事，还有过于此的吗？"

蔡元培不赞成罢教罢课，但对争取教育独立是完全支持的。1922年3月，他在《新教育》杂志第4卷第3期发表了《教育独立议》。文章前一部分是属于教育哲学的议论，后一部分则提出了实现教育独立的具体方案。

首先，蔡元培在文章中指出，"教育是帮助被教育的人，给他能发展自己的能力，完成他的人格，于人类文化上能尽一分子的责任；不是把被教育的人，造成一种特别器具，给抱有他种目的的人去应用的。所以，教育事业当完全交与教育家，保有独立的资格，毫不受各派政党或各派教会的影响。"

蔡元培在任教育总长时就提出政教分离，教育应立于政潮外面。在这篇文章中，他主张教育应完全脱离政党的控制。他说："教育是要个性与群性平均发达的。政党是要制造一种特别的群性，抹杀个性。例如，鼓励人民亲善某国，仇视某国；或用甲民族的文化，去同化乙民族。今日的政党，往往有此等政策，若深入教育，便是大害。教育是求远效的；政党的政策是求近功的。中国古书说：'一年之计树谷，十年之计树木，百年之计树人。'可见教育的成效，不是一时能达到的。政党不能掌握政权，往往不出数年，便要更迭。若把教育权也交与政党，两党更迭的时候，教育方针也要跟着改变，教育就没有成效了。所以，教育事业不可不超然于各派政党以外。"

同时，在教育与宗教的关系上，蔡元培认为，"教育是进步的：凡有学术，总是后胜于前，因为后人凭着前人的成绩，更加一番工夫，自然更进一步。教会是保守的：无论怎么样尊重科学，一到《圣经》的成语，便绝对不许批评，便是加了一个限制。教育是共同的：英语的学生，可以读阿拉伯人所作的文学；印度的学生可以用德国人所造的仪器，都没有什么界限。教会是差别的，彼此谁真谁伪，永远没有定论。只好让成年的人自由选择，所以各国宪法中，都有'信仰自由'一条。若是把教育权交与教会，便恐不能绝对自由。所以，教育事业不可不超然于各派教会以外。"这时，正值北京等地学生和教育界掀起非宗教运动。蔡元培在《教育独立议》中提出大学不设神学科，学校不得宣传教义与教士不得参与教育。

但是，如何实行"超然的教育"呢？蔡元培主张仿效法国的大学区制，同时兼采美、德等国教育制度的经验。具体说来，就是分全国为若干大学区，每区

思想自由 兼容并包
——著名教育家蔡元培

立一大学；凡中等以上各种专门学术，都可以设在大学里面，一区以内的中小学校教育，与学校以外的社会教育，如通信教授、演讲团、体育会、图书馆、博物院、音乐、演剧、影戏……与其他成年教育、盲哑教育等等，都由大学办理。大学的事务，都由大学教授所组织的教育委员会主持。大学校长，也由委员会举出。另由各大学区大学校长组成高等教育会议，办理各大学区互相关系的事务。教育部，专办理高等教育会议所议决的与中央政府有关的事务，以及其他全国教育统计与报告等事，不得干涉各大学区事务。教育总长必须经高等教育会议承认，不受政党内阁更迭的影响。具体到各区教育经费，都从本区税收中供给。比较贫困的地区，经高等教育会议议决后，得由中央政府补助。然而，蔡元培的这一设想在当时是根本无法实现的。

蔡元培的《教育独立议》发表后，引起教育界人士的重视。一位出版家和教育家1928年评论说："十一二年间教育思想正盛之时，有从理论上主张教育应脱离政党与宗教而独立者，以蔡元培为最彻底。"

五四运动后，蔡元培继续在北大推行制度改革，但这时候，张作霖、曹锟等百般刁难，尤对北大男女同学一点，引为口实。社会上也传言，军阀们要炮轰北京大学。蔡元培避其锋焰，于1920年11月下旬赴上海，乘一法国邮船于12月下旬抵达法国。

在这次考察欧美科学、教育事业期间，他访问了不少西方著名学者，如世界第一流的德国物理学家爱因斯坦，并盛情邀请居里夫人、爱因斯坦访问中国，居里夫人许诺，"当于将来之暑假中谋之。"爱因斯坦后因安排工作未衔接好而未能成行。

1921年8月18日，蔡元培在檀香山华侨招待宴会上作讲演，强调"我想教育家最重的责任，就在创造

蔡元培与第三任妻子周峻赴欧洲前在轮船上

思想自由　兼容并包

——著名教育家蔡元培

文化，而创造新文化，往往发端于几种文化接触的时代"。返回北京后，他整理校务，开讲《美学》课。

由于吴佩孚在五四期间曾表示支持学生运动，反对安福系控制的北洋政府，颇得当时舆论的好评，被誉为"爱国军人"、"模范军人"。此时的蔡元培希望在吴佩孚的统治下，实现南北统一，在中央出现一个"好人政府"。胡适尤为积极宣传这一主张，他于5月7日创办了《努力周报》。此后不久，胡适、蔡元培便共同酝酿他们的政治主张。

纪念孙中山

正当中国革命形势日趋高涨的时候，伟大的民主革命先行者孙中山于1925年3月12日因肝病不幸去世。他在遗嘱中写道："余致力国民革命，凡四十年，其目的在求中国之自由平等。积四十年之经验，深知欲达到此目的，必须唤起民众及联合世界上以平等待我之民族，共同奋斗。"这是孙中山这位伟大的爱国者和革命家在总结自己毕生的政治经验之后得出的两条根本结论。孙中山的去世在全国人民中引起巨大的悲痛。国共两党组织各界人民举行哀悼活动，广泛传播孙中山的遗嘱和革命精神，形成一次规模巨大的革命

为悼念孙中山逝世德国当地所设灵堂。图中外侧挽联为蔡元培所撰。

宣传活动。这种宣传也传到了国外。噩耗传来，蔡元培甚是悲痛，曾撰写挽联以祭之："是中国自由神，三民五权，推翻历史数千年专制之局；愿吾侪后死者，齐心协力，完成先生一二件未竟之功。"

后来，蔡元培又为去世的孙中山撰写了祭文，称其"于世者六十年，而奔走革命者四十载。其机动于救人，其效极乎博爱。到大到刚，充塞宇内。百折不挠，有进无退。革命垂成，百废俱兴。方欣日明之朗曜，遽痛山冢之猝崩。晚进之士，何诉何承？譬若楼船之失舵，亦如暗室之无灯"。"所可稍慰者，遗言具在，有赫然之典型。所应自励者，一致奋斗，将继先生之志以有成"。

4月12日，旅英各界华人举行孙中山追悼大会，蔡元培由汉堡专程前往伦敦亲自致悼词，号召海

蔡元培复蒋介石函

外华人向孙中山学习。他说"现在，孙先生的体魄，我们就是有法保存，也无法候他活动了。然而，他的精神，还是活现在我们的精神上。我们大家若是都能本着他卓越的政见而师法他的毅力，为不断的奋斗；师法他的度量，为天涯的容纳；将来终有一日，把孙先生所提出的三民主义完全实现。那我们现在的追悼会，也未尝不可算是孙先生复活节了。我们还当于极沉痛的聚会中，提出极严重的责任心，才能不辜负孙先生啊！"后来旅居法国里昂市各界华人及法国友好人士也举行追悼会来纪念孙中山，蔡元培又应邀撰写了悼词，概述了孙中山先生的一生。

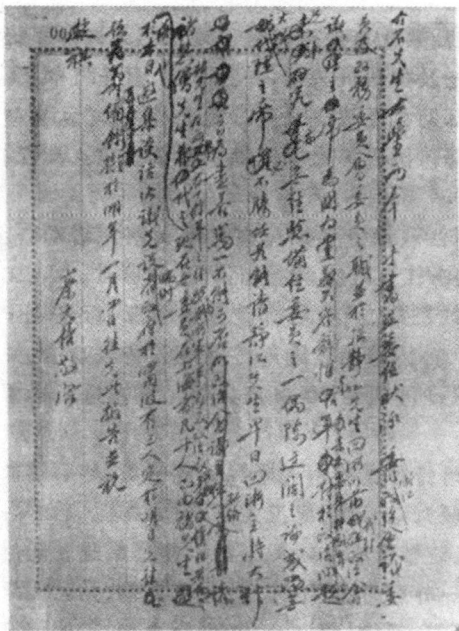

孙中山病逝后不久，在国共两党的推动下，为抗议日本资本家和英国巡捕枪杀中国工人，全国人民掀起轰轰烈烈的五卅运动。远在欧洲的蔡元培又给予了积极的支持。6月24日，他曾致电北大并转全国各团体，称不能亲自参加这次运动深表遗憾，"要求政府宣告列强，指明此次冲突，实为外国行政机关及其他(不)平等制度在华不能相安之铁证，应即废止，应特派全权专使另订平等新约，并对于此役牺牲者有相当赔偿"。

7月，因五卅惨案，蔡元培特撰《为国内反对日、英风潮敬告列强》一文，称这次风潮完全是帝国主义压迫的结果，远因在于近代以来各国列强强加在中国人民头上的不平等条约，近因便是"日本工厂的苛待华工"和"英国巡捕的惨杀华人"。指出"在二十世纪，日日以'公道'、'人道'作号召的欧洲人，对于英、日这种不公道、不人道的惨剧，竟不肯提议纠正，反似乎有偏袒英、日的倾向，真令我骇怪到万分。"他"希望日、英两国与其他列强，都有根本的觉悟；都宣告把从前与中国旧政府所订的不平等条约，无条件的取消……"该文被译为英、法、德等文字，分送西欧各国的报刊发表，在西方各国引起很大轰动，支持了中国国内反帝运动的进一步发展。

大学区制试验

在担任南京国民政府职务期间，蔡元培全力以赴的工作，创设大学院，主持中央研究院。

1927年4月27日，蔡元培被任命为南京国民政府教育行政委员会委员，这是蔡元培自辞去教育总长后再度参与中央教育行政工作。6月6日，国民党举行中央政治会议，蔡元培代表教育行政委员会提议变更教育行政制度，设立大学区作为教育行政单元，区内的教育行政，由大学校长处理之；凡大学应设立研究院，以为一切问题交议之机关。13日，蔡元培、李石曾等提请组织大学院，作为全国最高学术教育行政机关；李石曾并提名蔡元培担任大学院院长，均获通过。

在解释改教育部为大学院的理由时，蔡元培说："顾十余年来，教育部处于北京腐败空气之中，受其他各部之熏染，掌部者又时有不知学术教育为何物，而专鹜营私植党之人，声应气求，积渐腐化，遂使教育部名词与腐败官僚亦为密切之联想。此国民政府所以舍教育部之名，而以大学院名管理学术及教育之机关也。"蔡元培曾经概括大学院的三个特点为："（一）学术教育并重，以大学院为全国最高学术机关；（二）院长制

与委员制并用，以院长负行政全责，以大学委员会负议事及计划之责；(三)计划与实行并进，设中央研究所实行科学研究，设劳动大学提倡劳动教育，设音乐院、艺术院实现美化教育。"

由此可见，蔡元培创设大学院，是鉴于北洋政府教育横遭干涉、备受摧残的现状而提出的改革措施。目的是采用大学院这种教育行政制度使教育独立，避免受政潮的影响，使教育学术化，反对教育机关的官僚化。

由于蔡元培等人的极力主张，南京国民政府很快批准了他们的提议。6月17日，国民政府任命蔡元培为大学院院长。6月27日，第一〇九次政治会议通过了中央法制委员会拟送的《中华民国大学院组织法》，并于7月4日公布。该《组织法》规定大学院为全国最高学术教育机关，管理全国学术及教育行政事宜；设院长一人，总理全院事务；大学院设大学委员会，议决全国学术上一切重要问题；同时设立中央研究院及

在大学院欢迎参加全国教育会议代表的仪式上。前排左七为蔡元培。

劳动大学、图书馆、博物馆、美术馆、观象台等国立学术机关。

大学院成立后，在蔡元培的主持下，实行了一系列的改革措施，推动了中国的社会进步。

1928年2月21日，蔡元培颁布大学院通令，废除全国春秋祀孔典礼。通令称"查我国旧制，每届春秋上丁，便有祀孔之举。孔子生于周代，布衣讲学，其人格学问，自为后世所推崇，惟因尊王忠君一点，历代专制帝王资为师表，祀以太牢，用以牢笼士子，实与现代思想自由原则及本党主义，大相悖谬。若不亟行废止，何足以昭示国民。"

以余生专研学术

蔡元培苦心孤诣精心创办的大学院及大学区制由于受到各种原因的限制，而不得不逐渐破产，蔡心里极为遗憾。自己真心向往的制度和体制无法实现，他便想隐退，专心于中央研究院的工作，希望在这方面有所成就。1928年8月17日，蔡元培正式提出辞呈，请求辞去国民党中央政治会议委员、国民政府委员、大学院院长及兼代司法部长等本兼各职。呈文称"元培一介书生，猥涉政事……倾统一告成，万流并进，人才济济，百废俱兴。元培老病之身，不宜再妨贤路"，表示"愿以余生，专研学术"。

同时，蔡元培乘早车离开南京，赴上海定居，从而开始与国民党政界采取"不合作"主义。

蔡元培辞职，一则是因为平生所追求的大学院及大学区制屡受挫折，再则与好友胡适的劝诫相关。胡适在此前的一封信中，劝蔡元培"似宜集中于几件道地的教育事业，用全力做去"。

蔡元培夙为学界泰斗，在学术界、教育界俱属众望所归者，现在突然辞职，大有教育上骤失重心之感。因此蔡元培的辞职在当时政坛轰动很大。南京国民政府曾指令加以慰留，称"统一告成，国人望治，遗大投艰，深赖硕德老成，共资匡济。出处之间，动关大局，翩然高蹈，实非其时，望念缔造之艰难与群情之殷切，勉回所执，以慰延喁"。同时派宋子文"躬亲敦促"。

9月1日，蔡元培再辞大学院院长等本兼各职。

辞去大学院院长及代理司法部长等职的蔡元培在上海寓所

9月5日，国民政府再次慰留，并派孔祥熙奉还辞呈。

9月11日，蔡元培致函蒋介石、胡汉民、谭延闿，声明：(一)监察院院长决不担任；(二)大学院院长决不复职。表示以中央研究院院长之资格，尽力于教育、学术。称"余生几何，能力有限。果能如此尽力，自问已告无罪；若再苛求，必多贻误。自知甚明，决难迁就，沥诚奉恳，务请玉成"。

9月15日，第三次递上辞呈。19日，国民党中央政治会议第一五五次会议，决议挽留蔡元培。

10月1日，蔡元培向国民党中央政治会议递送坚辞大学院院长及兼代司法部长的第四次辞呈，谓"元培三上辞呈，均蒙慰留。惟自知甚明，万难继任，而院部政务，不能任其长此停顿，致误党国……"

10月3日，国民党中央政治会议照准蔡元培辞职。但是，10月8日，国民党中央常务会议决定任命蔡元培为国府监察院院长。当日，蔡元培致电，表示"决不能任监察院长"。

在回答记者的提问时，蔡元培认为"监察院事，非予所宜，而予深愿致力于中央研究院，俾学术上有所发展"。

1929年6月7日，蔡元培撰文，辞监察院院长及国民政府委员。称"元培旷职既久，销假无期，长此因循，罪戾更大"。21日，国务会议"准假一月"。27日，又辞。国民党中央常务会议又慰留。8月8日，蒋介石亲自到上海慕尔鸣路升平街蔡元培家造访，敦劝蔡元培偕同返宁，就监察院长职，但蔡元培辞意极坚决。8月29日准辞。从此蔡元培逐渐远离政坛。

1927年前后，中国革命形势迅速高涨，每一个人在这种革命形势下必须做出某种选择——不是追随革命，便会附会反革命，作为国民党元老的蔡元培也不例外。为人持中的蔡元培在滚滚的革命浪潮中，无法摆脱其自身的局限性，他与中国共产党人对社会主义的理解有着较大的差距，这种差距无法在较短的时间内来弥合。但时间又不能让他静观其变，他必须做出选择。几年以后，他便发现自己所选择的有些不是他所想象到的，蒋介石本人对异己的排挤和打击，对要求抗日的革命青年的秘密捕杀是他所无法想象到的。正是在这种失望中，他后来才走上一条不与国民党政府合作的道路，而去与宋庆龄等人组织中国民权保障同盟，这或许是对他在1927年所做选择的一种纠正。

缔造中央研究院

1924年孙中山曾提出筹设中央学术院为全国最高学术研究机关(作为革命建设之基础)的拟议，并命汪精卫、杨杏佛、黄昌谷等起草计划。但是可惜的是，不久他便去世，此议也未能实现。到了1926年国民党中央在广州设立了中央学术院，但这个机构并不是研究学术的，而是专门训练训政时期政治人员的，并且在第一期学员毕业后便停办了该院。

1927年4月17日，国民党中央政治会议第七十四次会议决定，设立中央研究院，由蔡元培、李石曾、张静江共同起草组织法。5月9日，又决定设立中央研究院筹备处，推定蔡元培、李石曾、张静江、褚民谊、许崇清等为筹备员。10月1日，大学院成立后，根据大学院组织条例，聘请中央研究院筹备员30余人。

蔡元培早就认识到设立研究院的必要性。在他主掌北大校政时，便在北大设立研究所，以供本科毕业生作进一步的研究。此不仅为北大研究院成立之基础，亦开各大学研究所之先声。

11月20日，蔡元培主持中央研究院筹备会及各专门委员会成立大会，通过《中华民国大学院中央研究

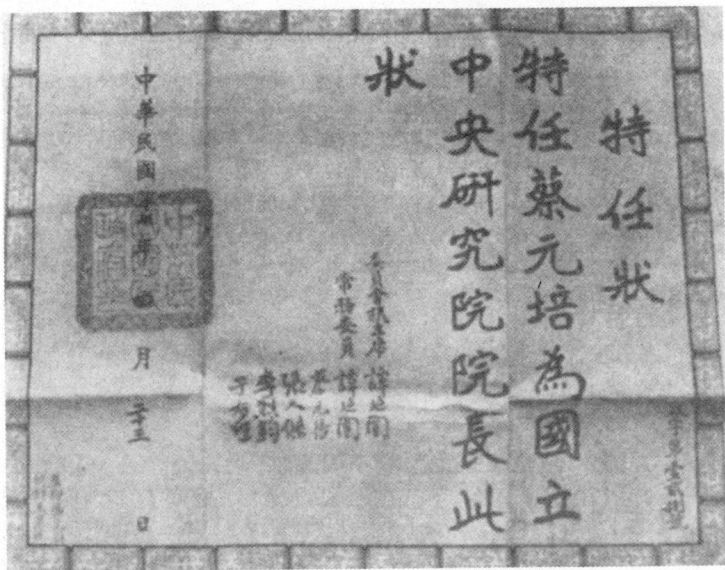

南京政府任命蔡元培为国立中央研究院院长的委任状

蔡元培（前排左七）与出席中央研究院第一届院务年
会的代表合影

院组织条例》，确定中央研究院为中华民国最高科学研
究机关。蔡元培以大学院院长的名义兼任中央研究院
院长。在这次会议上还决定设立理化实业研究所、社
会科学研究所、地质研究所、观象台四研究机关。翌
年3月，增设历史语言研究所于广州，继迁北平。4
月，中央研究院脱离大学院而独立，改称国立中央研
究院，蔡元培被任命为院长。原设之观象台分为天文、
气象两个研究所，理化实业研究所分为物理、化学、
工程三个研究所。

　　1928年6月9日，蔡元培在上海东亚酒楼召开第一
次院务会议，宣告中央研究院正式成立，以后即定是
日为院庆日。蔡元培于1930年1月曾撰文《中央研究

院过去工作之回顾与今后努力之标准》，指出该院"就名义言，既为全国最高学术研究机关，就职责言，又兼学术之研究、发表奖励诸务，实综合先进国之中央研究院、国家学会及全国研究会议各种意义而成"。

可以说，中央研究院是蔡元培在革新北京大学以后，进一步领导国内学人向专门研究路途迈进的开始。在此以前，中国无国家学院的设置。而在国外，早在文艺复兴时代，意大利就创建了研究院；17世纪以后，欧洲各国也相继筹建研究院，作为国家学院。中央研究院的成立标志着我国科研学术的新发展。从此中国有了自己的国家研究学院，极大地促进了国内学术交流，也为国际学术交流提供了必要的机构设施，这在

蔡元培（前排左三）与中央研究院工程研究所同仁合影

过去是没有过的。

根据中央研究院组织法，为了加强与国内各研究机关的联络和合作，成立了评议会。它是当时全国最高学术评议机关，负责联络国内各研究机关，决定研究学术之方针，促进国内外学术研究之合作互助，并有权推举院长候选人及选举名誉会员。

1935年7月，经过精心筹备，中央研究院正式成立全国最高学术评议机关——评议会。当选的评议员有，物理学方面：李书华、姜立夫、叶公孙；化学方面：吴宪、侯德榜、赵承嘏；工程学方面：李协、凌鸿勋、唐炳源；动物学方面：秉志、林可胜、胡经甫；植物学方面：谢家声、胡先骕、陈焕镛；地质学方面：丁文江、翁文灏、朱家骅；天文学方面：张云；气象学方面：张其昀；心理学方面：郭任远；社会科学方

中央研究院上海办事处旧址

面：王世杰、何廉、周鲠生；历史学方面：胡适、陈垣、陈寅恪；语言学方面：赵元任；考古学方面：李济；人类学方面：吴定良。这些评议员都是中国当时各学科最著名的科学家、学者。

1933年12月8日，意大利无线电发明家马可尼来华，途经上海，上海的14个学术团体在交通大学举行盛大茶会欢迎。蔡元培致欢迎辞，盛赞马可尼发明的重大意义，表示我们的民族并不是没有创造力的，如指南针、印刷术、火药，我们先人曾有过伟大的贡献。我们只要肯努力，决不是束手无策、专趁现成的。

蔡元培在主持中央研究院的工作时，坚持兼容并包、思想自由的方针，各种问题都可以研究，各种学派都可以并存。例如，在当时，马克思主义被国民党当局斥为反动思想，对其严厉控制，对宣传、研究的学者进行残酷压制和打击。蔡元培则不然，他在给李季著《马克思传》写序的时候，认为"今人以反对中国共产党之故，而不敢言苏联，不敢言列宁，驯致不敢言马克思，此误会也"。"现今各国反对共产党，敌视苏联者甚多，而对于马克思学说，则无不有译本"。故编印"马克思传亦为当务之急"。

1933年3月13日，蔡元培与陶行知、李公朴、章乃器、黄炎培等100多人发起纪念马克思逝世50周年。在蔡元培等人看来"五十年来，世界对于马克思，无论其为憎为爱，为毁为誉，而于马克思之为一伟大之思想家，为近世科学的社会主义之始祖，则殆无人否认。……一种思想之产生，一种学说之成立，断非偶然之奇迹。……无论为附和或为反对，但于此种思想学说，都应切实研究，惟研究乃能附和，亦惟研究乃能反对，盖真理惟研究乃能愈益接近也……同人等今基于纯正之学术立场上，发起纪念马克思逝世五十周年会，一以致挚之敬意于此近代伟大之思想家，同时亦即作研究自由、思想自由首倡，并打破我国学术界近来一种思想义和团之壁垒"。不仅如此，他还亲自宣讲马克思的贡献。3月14日，蔡元培应上海基督教青年会的邀请，在八仙桥该会礼堂讲《科学的社会主义

前往欢迎萧伯纳的蔡元培（前立者）与中国民权保障同盟的成员们（左三为宋庆龄，右一为鲁迅）

概论》，借此来纪念马克思逝世50周年。要知道，在当时，这种行为无疑会有许多风险。

在当时，中国的科学研究条件虽然不高，但正是在蔡元培领导下，中央研究院取得了很大的成绩，中国的教育科研水平也有了很大的提高。如中研院下属的南京天文台设备完善，一时之间成为国内天文学研究的中心。地质学研究所的李四光对地层结构和矿物分布的研究、历史语言研究所考古组对安阳殷墟的研究以及社会科学研究所对中国农村经济、租界、犯罪、上海包身工等问题的研究在国内外学术界都有着较大的影响。正因为成绩显著，1932年法兰西学院赠予中央研究院白里安奖金；1934年7月，波斯的亚细亚学院将中央研究院

思想自由　兼容并包
——著名教育家蔡元培

列为名誉会员。李济在一次谈话中论及蔡元培创办中央研究院对中国学术的贡献时，曾经说，"在他的惨淡经营下，中研院才能萌芽，茁壮，才能开出美丽的学术之花。在民国18年，中央研究院已有物理、化学、工程、地质、天文、气象、历史语言、心理、社会科学等研究所，网罗全国最优异的研究人才，又有自然博物馆，在学术领域中，分别居于领导的地位。这些成绩，都是元培先生创造出来的。"

1933年2月17日，鲁迅、萧伯纳与蔡元培合影于孙中山故居。

参建中国民权保障同盟

1931年9月18日深夜，一件关系中国命运、震动全国的大事突然发生：原来根据不平等条约而驻扎在东北的日本关东军向中国东北军驻地北大营和沈阳城发动进攻。第二天，日本军队轻易强占沈阳、长春等20多座城市。此后的4个月内，辽宁、吉林、黑龙江三省全部沦陷。国难当头，青年学生和城市小资产阶级积极行动起来要求抗日。北平、上海、南京、广州、武汉等地的学生、工人和市民群情激愤，纷纷游行示威，罢课罢工，发表通电，强烈要求政府抗日。1931年9月28日，上海、南京的学生几千人还前往南京国民政府和国民党中央党部要求对日宣战，并痛打外交部长王正廷。

蔡元培对日本的入侵表现出极大的愤慨和蔑视。当他得知日本军舰驶进青岛港时，曾写诗《问蟹》一首讽之："结体区区强自持，自煎倏已竭膏脂。二螯八足空张大，看汝横行到几时？"

在日本帝国主义的大举侵略下，南京政府却一再退让。蒋介石提出"攘外必先安内"的方针，坚持以主要兵力"围剿"主张抗日的工农红军；凭借所谓中央军对各地地方实力派轻则威压，重则武力"统一"；另外大力强化法西斯统治，利用自己组建的特务组织任意拘捕青年志士，并加以残杀，在中国造成了一种白色恐怖。蔡元培对此忧心忡忡，在给朋友鲁迅的一封信中，他发出"养兵千日知何用，大敌当前暗不声。汝辈尚容

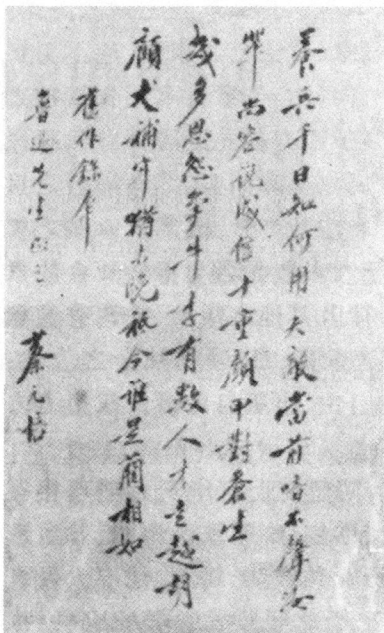

蔡元培赠鲁迅的诗作

说威信，十重颜甲对苍生"；"几多恩怨争牛李，有数人才走越胡。顾犬补牢犹未晚，只今谁是蔺相如"的感慨。

另一方面，蔡元培眼见国势凌夷，民气消极，认为此乃"民权不立"之故，称警探非法逮捕监禁，摧残法治，蹂躏民权，"人民在家时怀朝不保暮之恐惧，对外何能鼓同仇敌忾之精神？"

有一次他应上海基督教青年会的邀请，做《民权保障之过去与现在》的公开演讲，听众有600多人。在这次演讲中，蔡元培认为，在现在进行民权保障尤

其必要，是因为国民党训政时期的需要和国难时期的需要。所谓国民党训政时期的需要是指，宪政时期，人民要行使四种权利。若训政时期，尚不能得到最最初步的自由，则何以为行使四权的训练；另外为宪政的预备，重在地方自治，人民的生命尚无保障，则何以厉行自治，训政时期所规定的自由现在不能实行，则何以取信于人民，使其知训政期满后能实行宪政?所谓国难时期的需要是指，政府为集思广益起见，曾有国难会议的召集。现在对于言论、出版、集会等自由，尚不许充分运用，则何谓集思广益?且各种事业，均感人才缺乏；若有为之才，偶因言论稍涉偏激，或辗转连带的嫌疑，而辄加逮捕，甚思处死，这将怎能救国

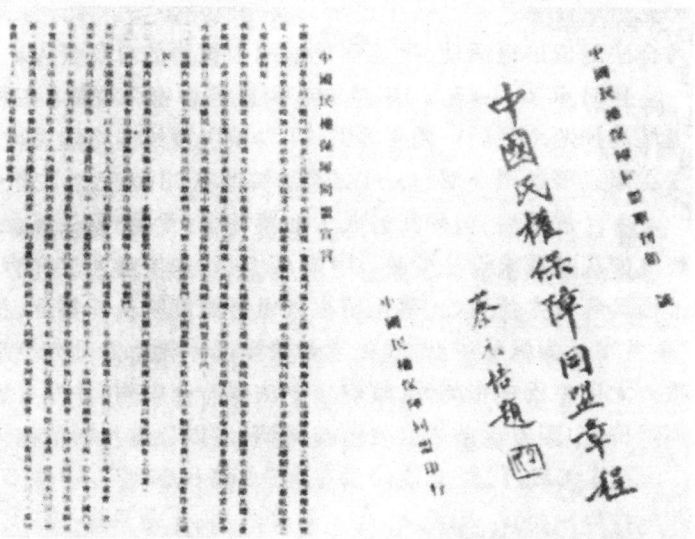

中国民权保障同盟宣言和蔡元培题笺的"同盟"章程

呢?因此建议当局欲求全国精诚团结,共赴国难,惟有明令全国,保障人民集会、结社、言论、出版、信仰诸自由,严禁非法拘禁人民,检查新闻。为此,他与宋庆龄等组织中国民权保障同盟,以组织的名义营救了一大批被捕的革命和民主人士。

主祭鲁迅

1936年10月19日,中国著名的文学家、新文化运动的猛将鲁迅病逝。

蔡元培与鲁迅的交往很深。早在蔡元培就任孙中

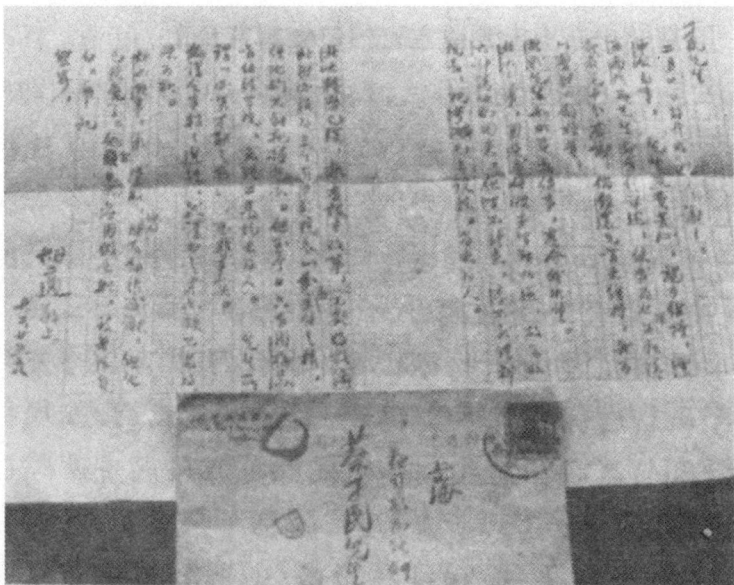

胡适致蔡元培函,感谢其处理营救胡也频

山南京临时政府的教育总长期间，鲁迅就在教育部工作，与蔡元培有了交往。1912年5月，南京临时政府教育部解散，蔡元培北上到北京政府中继任教育总长，鲁迅也随着到北京政府教育部中任职。同年7月，蔡元培因不满袁世凯的所为，愤而辞去教育总长职务，这时鲁迅和他的好友许寿裳一起曾两次去蔡寓访候，表示慰留。袁世凯垮台后，蔡元培于1916年12月26日被任命为北大校长，1917年1月4日到校视事。10日鲁迅便去拜访蔡元培。从此，他们同住北京，经常互相走访、通信，交往甚密。蔡元培对鲁迅的才华极为欣赏，

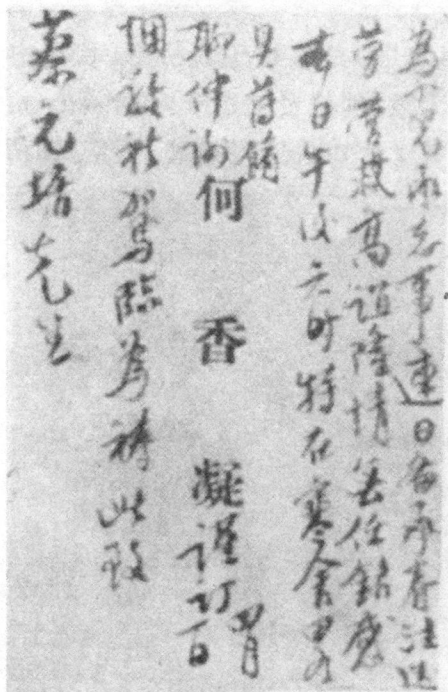

对鲁迅也十分信任、崇重。他曾请鲁迅为北大开设《中国小说史略》等课程，并请鲁迅设计校徽图案。鲁迅设计好后，于同年8月寄交蔡元培。这个图案后被蔡元培采纳，用作校徽，直到全国解放以前，长期为北大师生所佩戴。

何香凝感谢蔡元培营救廖承志出狱的短柬

1927年蔡元培任大学院院长后，12月18日聘请鲁迅为大学院特约撰述员，月薪三百元，使鲁迅有了较为稳定的生活保障。大学院改设为教育部后，1931年12月，鲁迅特约撰述员被裁，经蔡元培为之设法力争，原职才得以保留。鲁迅为此事曾致函许寿裳表示对蔡的援助"实深感激"。在中国民权保障同盟成立以

蔡元培与杨杏佛合影

后，鲁迅与蔡元培的关系更加密切，为营救革命青年、争取民权保障共同力争。

鲁迅逝世后，蔡元培加入治丧委员会，并亲自往胶州路万国殡仪馆吊鲁迅，挽以一联曰：

著作最谨严，岂惟中国小说史；
遗言太沉痛，莫做空头文学家。

22日，鲁迅的灵柩由万国殡仪馆移上枢车后，蔡元培亲自执绋，随枢而行，步行约三小时，抵达万国公墓，举行葬礼。首先由蔡元培致词，称"我们要使鲁迅先生的精神永远不死，必须担负起继续发扬他精神的责任来"。"我们要踏着前驱的血迹，建造历史的塔尖"。继由沈钧儒报告鲁迅事略，宋庆龄、内山完造相继演说，胡愈之读哀词，静默志哀，唱挽歌。

为了继承鲁迅的斗志，发扬鲁迅的革命精神，上海各界成立鲁迅纪念委员会，准备出版鲁迅全集。蔡元培为募集纪念本通函海内外人士，称"鲁迅先生为一代文宗，毕生著述承清代朴学之绪余，奠现代文坛

亲自执绋的蔡元培走在送葬队伍的前列

思想自由 兼容并包
——著名教育家蔡元培

之基石"。希望以编印全
集的形式来"唤醒国魂，
砥砺士气"。全集出版
后，蔡元培又欣然为其
撰序，盛赞他"为新文
学开山之功"，称"先生
阅世既深，有种种不忍
见不忍闻的事实，而自
己又有一种理想的世界，
蕴积既久，非一吐不

蔡元培在鲁迅葬礼上讲话情景

快"。"他的感想之丰富，观察之深刻，意境之隽永，
字句之正确，他人所苦思力索而不易得当的，他就很
自然的写出来，这是何等天才!又是何等学力!"其著述
"蹊径独辟，为后学开示无数法门，所以鄙人敢以新文
学开山目之"。

　　蔡元培与鲁迅的挚交在中国文坛上可以说是一段
佳话。郭沫若深有感触地说:"影响到鲁迅生活颇深的
人应该推数蔡元培吧!这位有名的自由主义者，对于中
国的文化教育界贡献相当大，而他对于鲁迅始终是刮
目相看的。鲁迅的进教育部乃至进入北京教育界都是
由于蔡元培的援引。一直到鲁迅的病殁，蔡元培是尽
了没世不渝的友谊的。"

最后岁月

1936年，蔡元培七十寿辰，他的朋友、学生以各种各样的形式庆贺他的寿辰。最早是蒋梦麟、胡适等人发起的为其筹资建屋的活动。

1935年底，蔡元培的门生故旧蒋梦麟、胡适等因蔡元培为国家、为学术劳累一生，租房子住，书籍分散于北平、南京、上海、杭州等地，无集中庋藏之地，遂发动他的朋友、学生集资建造一房屋，作为庆祝其七十寿辰之贺礼，使其"用作颐养、著作的地方；同时，这也可以看做社会的一座公共纪念坊，因为这是几百位公民用来纪念他们最敬爱的一个公民的"。

蔡元培为此事复函道"伯夷筑室，供陈仲子居住，仲子怎么敢当呢？""但使元培以未能自信的缘故而决然谢绝，使诸君子善善从长之美意，无所借以表现，不但难逃矫情的责备，而且于赞成奖励之本意，也不免有点冲突。元培现愿为商君子时代的徙木者，为燕昭王时代骏骨，谨拜领诸君子的厚赐；誓以余年，益尽力于对国家文化的义务；并勉励子孙，永永铭感，且勉为公而忘私的人物，以报答诸君子的厚意。"(此事由于日军的入侵，上海、青岛等沿海城市相继沦陷，

而未能实现)

1936 年 1 月 11 日，中央研究院同人举行庆典，祝贺蔡元培七十寿辰。其祝词曰"天地有正气，哲士生其间。峨峨先生德，窥管睹一斑。昔在清季世，朝政操群奸；奋然赴革命，不避劳与艰。其机在教育，科学药愚顽。蔚成俊杰才，森森玉徇班；

蔡元培七十寿辰时与夫人合影

各出济时用，改造开新寰。学术无停步，更远辟榛管；设院延多士，研究无时闲；先生顾之喜，一笑开心颜。年高志益半，神完，气不屡；今年正七十，玄发无一颁。乃知名世儒，气运实所关。春酒亦已熟，杯敬相往还；愿言祝福寿，如海复如山"。

1 月 19 日，中国科学社上海社友。在静安寺路万国总会为蔡元培七秩称觞，200 多人到会。首先由马君武致祝词，称人到了七十正好是做事的时候，就像德国俾斯麦七十岁革新政治一样，故希望蔡元培领导人群，努力救国。

蔡元培做答词，略谓古人云一百二十岁为上寿，一百岁为中寿，八十岁为下寿，"我今年七十岁，实谈不上上寿"。但他表示不以为老，努力救国。这时国立音乐专科学校送上敬祝蔡院长孑民先生千秋诗，诗曰蔡"是艺人和学者的父亲，博大的艺人和精明的学者的父亲；做社会和人生的模范，善良的社会和庄严的人生的模范；是艺人和学者的父亲，做社会和人生的模范。欣逢上寿，敬祝千秋！千秋！千秋！"

2月1日晚，旅沪北大同学王孝通等50多人在沧州饭店为蔡元培庆祝七十大寿，并敬送寿屏。

2月9日晚，黄炎培、何应钦、张学良、顾维钧、杜月笙、沈钧儒、柳亚子、马思聪等170多人与中华职业教育社、鸿英教育基金董事会、东方文化协会、上海美专校董会等六团体在国际饭店为蔡元培祝寿。孙科致祝词，他将庆祝蔡元培七十寿辰的意义归结为两点：人生七十古来稀，蔡先生今以七十

蔡元培与其手植松树

高年，精神还是很健旺，值得同人庆幸；作为党国元老，学界泰山北斗，万人同仰，希望蔡先生今后继续健康，为社会国家造福。

蔡元培答曰，"古人行年五十，当知四十九年之非，我今七十，又多了二十年错"，表示自己准备在笔杆上做些工作，以谢答社会。席间觥筹交错，客人纷纷赋诗题字，作画以记之。孙科题"老当益壮"，刘海粟即席挥毫，画松柏多幅。沈思孚提诗曰："偶忆尼山曾自传，当年七十矩从心。况公新国尊元老，永做人师艳士林。"

在这次会上，吴铁城等还提议发起成立孑民美育研究院，推孙科、孔祥熙、柳亚子、吴铁城、王云五等为筹备员，由孙科、吴铁城为召集人。孑民美育研究院一经提议，其筹备委员会迅即成立，并印发《蔡孑民先生七秩大庆创设孑民美育研究院启》，制定该研究院章程和祝寿金及筹捐办法，以寿仪移作基金。我们从发起人的名单上可以看到蔡元培的地位之高：蒋介石、虞洽卿、熊希龄、阎锡山、张继、张群、居正、马寅初、邵力子、胡适、林森、汪精卫、唐绍仪、宋子文、王世杰、王宠惠、李烈钧、戴季陶、张学良、顾维钧、梅兰芳等509人。既有军界、政界、财界的巨头，又有学界、艺术界的名师（但是，抗日战争爆发后，由于沿海省市先后沦陷，建院之举未能实现）。

2月16日，南京北大同学会在中央饭店举行春季聚餐会，庆祝蔡七十诞辰，段锡朋、罗家伦等200多人到会。在这次会上，人们向蔡行三鞠躬，并鸣放鞭炮一万响。

2月23日，上海学术界胡朴安、舒新城等发起征集学者文人撰写论文、诗词及绘画，汇刊庆祝蔡元培七十岁、柳亚子五十岁的《蔡柳二先生寿辰纪念集》一册。

4月23日，国立音乐专科学校师生举行演奏会，庆祝蔡七秩寿辰。蔡元培先到他亲手栽下的长松处摄

1936年7月中华教育文化基金董事会第六次年会合影（前排左三为蔡元培）。

思想自由　兼容并包
——著名教育家蔡元培

影，然后开演奏会。蔡在答词中，称"音乐是抽象的美术，其动状与吾人生理上、心理上各种动状相调节，故音乐家多寿考"。"今日承音乐家为人祝寿，诸君将来之寿，必多所贡献。又团体之寿远视个人为悠久，音乐之寿未可限量，其对于中国之贡献亦未可限量"。这次演奏会实况由上海广播电台经南京中央广播电台转播全国。

蔡元培的七十寿辰甚是风光，在当时影响颇大。由于他为人持中，各方面的朋友甚多，因此人们纷纷以各种方式来表达对他的敬意。但是当人们纷纷敬祝其身体健康之时，他却于生日的当年大病一场。蔡元培在七十寿辰后，仍然尽力于中央研究院的工作，还代人撰写十余篇序文和文章，应邀参加一些学校和文化团体的活动。该年丁文江、王光祈、章太炎、高梦旦四位学人去世，蔡元培又致悼或送挽联。长时间的奔波劳累，使他于1936年11月底身患伤寒病，几近转危。蔡的门生弟子、家人及亲友惊慌失措。事发的第二天，蒋梦麟从北平请来了协和医院的乐文照医生进行诊治。乐文照，浙江镇海人，美国哈佛大学医学博士，曾任圣约翰大学医科、中央大学医学院教授，北平协和医院内科主任，时任上海中国红十字会医院副院长。乐文照医术高明，经过抢救，蔡元培转危为安，并日渐恢复。但这次对他的身体是千很大的摧残，以后蔡的身体更加消瘦。

1937年7月7日夜，日军在北平西南的卢沟桥附近，以军事演习为名，突然向当地中国驻军发动进攻，中国军队奋起抵抗。中国抗日战争从此开始。7月底日军占领平津。接着以30万重兵沿平绥、平汉、津浦铁路向华北地区扩大进攻。8月13日，日军为了求得"速战速决"迅速解决中国问题，又把战火烧到上海。

鉴于这种情况，蔡元培召开会议，商讨日军攻沪的情势，布置院中同事办理防火救急事宜，并把研究院的部分房屋办伤兵医院，以支持抗战。

当时华盛顿九国公约会议正在比利时首都布鲁塞尔开会。11月2日，蔡元培领衔致电九国公约会议，强烈呼吁该会"采取强硬而有效之集体措置，阻止日本在华之侵略，及膺惩日本之违反国际公约与国际盟约，摧毁各大学及其他文化中心点以及危害世界和平及文化"。同日蔡元培又列名数十位教育界领袖的对外宣言，历叙日本破坏我国教育机关之经过，谓我国教育"三十年建设之不足，而日本一日毁之有余也"，要求世界开明人士，协同我国，一致谴责，并"实施有效制裁，始为保障文明最简便最迅速方法"。

当时中日淞沪之战打得异常惨烈。双方投入的兵力超过百万，战火烧到之处，建筑、财产毁损殆尽。蔡元培不得不与理化、工程等所所长商谈各所善后工作。11月15日，中央研究院设在上海的物理、化学、工程三个研究所宣告停办。16日，国民政府下令文化机关限三日内迁往内地。中央研究院总办事处于次日迁往长沙。蔡元培想通过香港转赴内地，于是简单收拾了一下行装，匆匆离开了生活了十几年的上海。

1937年12月29日晚7时，蔡元培乘坐的法国邮船"马利替末斯"号到达香港，从而开始了他最后两年多的流亡生涯。

本来蔡元培到香港不准备长住，而是暂时停驻，然后转赴内地，继续主持中央矶究院的工作，因此来香港准备很仓促。

到达香港的第一天，蔡元培住进陆海通旅社240号，在那里曾留诗一首，曰"庄严斗室粤方工，四壁回环书画丛。最喜北廊顺江水，群山弧列做屏风"，其闲乐之情溢于言表；第二天，蔡元培便迁至皇后大道中胜斯酒店，住进304室房间。在胜斯酒店的几天．蔡元培捧读《地质学浅说》、《普通地质学》、《地质学》等书，扩充自己的知识面；又与王云五切磋《中山大辞典》。闲暇之余，站在胜斯酒店304号楼房的前廊，细心观察陌生的香港都市风景，留下"文夹茶筒自制藤，不曾糜费学摩登，唐街历史斑斑在，到处都能见象征"的华丽词章。

12月7日，好友王云五劝蔡移居商务印书馆在香港新近租定的宿舍——摩利臣道之崇正四楼。蔡元培领其美意，于是日搬进此处，与王住到一起。王云五，曾受聘于中央研究院社会科学部担任研究员，不久因商务印书馆力请，到商务印书馆主政。日本发动八一三事变后，上海形势越来越紧张，10月他受命离开上海，到香港规划商务印书馆的战时生产，并设法在后方设厂。在与王云五相处的这段时间内，他俩常常谈古论今。当时蔡元培目力渐弱，然仍不废读。王云五便想方设法从上海带来一些木板大字书供其阅读。

29日，好友陈彬和邀蔡元培住进他的私宅"坚尼地台12号"。同日，夫人同他的三个子女睟盎、怀新、英多也来到香港，与蔡元培同住陈宅。

1938年1月28日，蔡元培再迁九龙柯斯甸道156号。在那里，他度过了最后的岁月。

在香港的日子里，蔡本人深居简出，轻易不肯公开露面，甚至对各方面通信，也常化名为"周子馀"，因为周为蔡夫人之姓，兼含"周馀黎民，靡有孑遗"之义，以暗示"孑民"二字。尽管在香港的生活简朴，他的心境尚好，对抗日持乐观态度，这种心境可从

思想自由　兼容并包

——著名教育家蔡元培

"由来境民便情迁，历史循环溯太原，还我河山旧标语，可能实现在今年"一诗体现出来。作诗那年是1938年，可抗战胜利是在七年以后，在那时，蔡元培已故五年了。

此时，抗日战争打得异常惨烈，华北、华东各地之日军咄咄逼人，进入内陆腹地。中央研究院各研究所被迫纷纷迁至西南；事务繁杂，不胜枚举，作为一院之长、蔡元培忙得不亦乐乎。1938年2月28日，蔡元培在香港酒店主持了一次院务会议。这是在抗日战争爆发以后首次举行会议，总干事及各所长先后由内地到达香港。这次会议决定地质、社会、生物、心理各所留在广西桂林、阳朔，天文、历史所迁至昆明，气象所迁至重庆，物理、化学、工程三所酌量迁入内地。

1939年蔡元培在香港主持了第十五次中华教育文化基金董事会，仍被连选连任为董事长。这是他最后一次主持该会。中华教育文化基金董事会是中美之间利用美国退还庚子赔款资助中国教育科研机构而设立的组织，15年来为推动中国的教育事业起了一定的积极作用。从1928年以来，由于蔡元培在中国教育界中的地位而连续10年被推为董事长，主持基金会的工作。这次会议决定为燕京、金陵、中山、云南、辅仁等大学，中央大学医学院、华西协和大学医学院、中央、华西、齐鲁三校联合医院、圣约翰大学医学院、贵阳医学院、文华图书馆学专科、中央研究院、中国科学社生理研究所、经济部地质调查所、贵州科学馆、中国营造学社等科研机构提供资助国币544，000元、美金63，000元。这在异常艰难的抗日战争期间是难能可贵的。

中国共产党积极主张抗日，在中国民众中声望日显。蔡元培虽然在1927年参与了国民党右派发动的"清党"运动，但他后来逐渐改变了对中共的看法，并在事实上营救了一批共产党员，这在中国共产党人的心目中留下了极深的印象。

在日本帝国主义的入侵下，中国共产党旗帜鲜明地高举：抗日民族统一战线的大旗，号召全国各界民众联合起来，为实现民族独立而斗争。毛泽东本着抗日民族统一战线的精神，于1936年9月20日致函蔡元培，盛赞他的爱国进步主张，称其"以光复会同盟会之民族伟人，北京大学中央研究院之学术领袖，当民族危亡之顷，作狂澜逆，挽之谋，不但坐言，而且起行，不但同情，而且倡导"，希望他支持中共提出的"召集各党各派各界各军之抗日救国代表大会，召集人民选举之全国国会，建立统一对外之国防政府"的主张。称"若然，则先生者，必将照耀万世，流芳千代，买丝争绣，遍于通国之人，置邮而传，沸于全民之口矣"。

1938年4月，共产党员吴玉章由欧洲回国，道经香港与蔡元培晤谈，蔡"欣欣然以国共能重新合作，共赴国难，为国家民族之大幸。"

由于国民党当局对中国共产党极尽歪曲、诬蔑之能事，致使许多海内外人士对中国共产党不甚了解。斯诺的一本《西行漫记》详尽历数了中共的发展历程，此书曾风靡一时。为了进一步了解中共，蔡元培在港生病期间，曾捧读斯诺的《西行漫记》及其夫人宁谟·韦尔斯的《续西行漫记》，称该书"对于中国前途的希望，说得甚为恳切"。

中国共产党对蔡元培也十分敬重。1940年2月5日，陕甘宁边区自然科学研究会在延安成立，推蔡元培为名誉主席。2月20日，延安成立各界宪政促进会，推蔡元培等为名誉主席团成员。

为了反对世界范围内的帝国主义势力对其他国家的侵略，国际反侵略运动大会成立，旨在支持受侵略国家的正义斗争。1938年1月23日，国际反侵略运动大会中国分会在汉口成立，蔡元培和宋庆龄等19人被推为出席当年2月12日在伦敦举行的国际反侵略运动大会的代表，但是蔡元培因病未能参加。次年7月，该会又将蔡元培推为第二届名誉主席。11月，国际反侵略大会中国分会请求蔡元培为该会作会歌。蔡元培欣然答应，满怀激情的挥毫泼墨，用《满江红》的词牌作歌。歌中唱道：

公理昭彰，战胜强权在今日。概不问，领土大小，军容羸诎。文化同肩维护任，武装合组抵抗术。把野心军阀尽排除，齐努力。

我中华，泱泱国。爱和平，御强敌。两年来，博得同情洋溢。

独立宁辞经百战，从擎无愧参全责。与友邦共奏凯旋歌，显成绩。

此歌为千百万人传唱，极大地鼓舞了人民的斗志，尤其是"独立宁辞经百战"一句更有气势，充分表达了中国人民不畏强暴勇于拼搏的精神。

1938年5月20日，由保卫中国大同盟及香港国防医药筹赈会发起组织的美术展览会在香港花园道圣约翰大礼堂举行。这次展览会展出现代英美美术作品及中国国防首次美展中的代表作品。宋庆龄女士主持，蔡元培应邀出席，并在开幕式上发表演讲。谓"美术乃抗战时期之必需品"，称"抗战时期所最需要的，是

思想自由　兼容并包

人人有宁静的头脑，又有强毅的意志。'羽扇纶巾'，'轻裘缓带'，'胜亦不骄，败亦不馁'，是何等宁静！'衽金革，死而不厌'，'鞠躬尽瘁，死而后已'，是何等强毅！这种宁静而强毅的精神，不但前方冲锋陷阵的将士，不可不有；就是在后方供给军需，救护伤兵，拯济难民及其他从事于不能停顿之学术或事业者，亦不可不有。有了这种精神，始能免于疏忽、错乱、散漫等过失，始在全民抗战中担得起一份任务。"为了养成这种宁静而强毅的精神，蔡元培以为推广美育是方法之一。"且全民抗战之期，最要紧的，就是能互相爱护，互相扶助。而此等行为，全以同情为基本。同情的扩大与持久，可以美感上'感情移人'的作用助成之"。这是蔡元培在香港的两年多时间中唯一的一次在这么大的场合露面。

1938年9月23日，蔡元培领衔致电国际联盟，揭露日军暴行，要求国联对暴日实施最大限度之制裁，称"当此侵略狂焰蔓延全国之际，我国决为民族独立与世界和平奋斗到底，谅贵会当能切实执行元培老矣。这位老人无法承受长年奔波，身体日渐衰弱，尤其是1931年被示威学生殴打后，他的身体每况愈下。九一八事变以后，各地学生纷纷要求政府抗日，北平学生还组织示威团到南京请愿。1931年12月15日，北平示威团冲击国民党中央党部，时中央委员正在举行临时会议。会议推蔡元培、陈铭枢出去接见。当时的报刊称"蔡陈二氏到达二门即闻呼打之声，蔡氏甫发数语，该团学生即将蔡氏拖下殴打，……绑架蔡氏向门外冲出，中央党部警卫至此向天空开放空枪示威，并追出营救蔡氏，直至离中央党部荒田中近玄武里处始行救回。蔡年事已高，右臂为学生所强执，拖行半里，红肿异常，头部亦受击颇重。"这次被殴以后，蔡元培的身体大不如从前了，尤其是脚受到这次伤害后，总是治不彻底，时好时坏。

从他发表辞职、停止写作、停止介绍工作声明的那一天起，蔡元培就一直准备着与他的爱妻安度晚年，这或许是中国人年老时的一种心态。夫人周峻绘画出身，多才多艺，可蔡作为国民党元老不容得他去投身于家庭，不容得他吟诗做对以迎合家妻爱子。现在自己在香港闭门谢客，有的是精力、时间来和妻儿老小厮守。夫妻二人又都是文人，可以用中国人最传统的方式倾诉、发泄对对方的感情。1936年3月7日，是蔡元培夫人周峻的生日。蔡借用古韵做五律四首来祝之。其中有"近岁家庭乐，相将真性情。图书百车载，花石一园清。妙画看山得，新诗联句成。为卿介眉寿，儿女踏歌声。"

到了香港以后，夫妻之间更加和睦。1939年2月5日，旧历十二月十七日，蔡元培生日。夫人周峻赠二绝于他："蓄德能文似昔贤，忘年也得缔良缘。书声琴韵常盈耳，又是尘寰一酒仙。"3月28日，蔡夫人49岁的生日，蔡元培也题诗一首"邝屋生涯十六年，耐劳嗜学尚依然。岛居颇恨图书少，春到欣看花鸟妍。儿女承欢凭意匠，亲朋话旧煦心田。一尊介寿山阴酒，万壑千岩在眼前。"

的确，在闲暇之时，蔡元培夫妇便邀上旧友去游玩。只是出于蔡元培的身体不太好，因此这样的机会并不多。余天民曾邀请蔡元培同游沙田道风山。此山原为瑞典、挪威、丹麦三国的教士所建，这次蔡玩得很是开心。

有很长一段时间未出来散步了。后经夫人提议，蔡才于傍晚时分陪夫人及盎儿出门散步。蔡抬头一望，才发现满月高悬，"已有——个月未出夜游了"，蔡想到。后作诗一首以记之："密云骤雨度中秋，秉烛何曾作夜游。辜负清明三十日，今宵始见月当头。"的确，在香港的日日夜夜里，蔡元培不是看书，就是阅报，很少出门，他化名周子馀的本意可能就在于不想让人知道他身在香港，以便他有清静的环境来陪自己的家人，当然脚伤可能更影响他出去交友。

至于久居香港未迁内地的原因，蔡元培在1938年10月给王世杰的信中解释为"病后体弱，不适于奔走，北不能至渝，南不能到桂滇"。这是原因之一，但是在给其次子蔡无忌的信中道出了个中原因，称他自来港以后，"有暇读书，有暇著书，为十年来所未有。若一到内地，因研究院各所受省府助力，岂能不与往来；各种教育文化机关之研究员、教员、学生，人数既多，安能见谅；仅仅晤谈，已感忙烦；其他演说、函电之要求，亦所难免；我之生活，又将回到南京、上海的样子。加以卫生设备之不全，医生药物之缺乏，雨季以后之空袭，在在堪虞"。

　　但是欧洲战争爆发后，蔡元培感到香港也不是久居之地，因此准备迁往内地，只是香港暂时的稳定生活使他不愿为此事分心。

　　1938年9月7日起，蔡元培忽感头晕，"请医生诊验，谓是血压太低，胃消化力弱，血液留滞于胃，故脑患贫血"。这次休养了近20多天，逐渐痊愈。遵照医嘱，蔡不轻见客，也不常写信，只是卧而阅书，以消永日。

　　1940年1月25日，阴历十二月十七日，周夫人赠诗"三十余年师而友，知卿惟我最明清。镜台那许尘埃染，常保湛然心太平。""我军捷报况传先，介寿声

中共乐天，相率膝前小儿女，漫斟尊酒祝延年。"2月
11日，阴历正月初四，蔡元培偕夫人子女到王云五处
访谈。然后，到香港仔卢山酒家吃海鲜，并顺游浅水
湾等处，游兴甚浓。2月15日，又游了大环湾浴场。
这是他去世前最后几次游玩。

　　1940年3月3日，蔡元培在王云五家做客，不慎失
足仆地，初以为无碍，旋竟口吐鲜血一口，家人恐慌，
即召医诊治。只是因为当时是星期天，故而所请的朱
惠康医生到中午才到。朱认为蔡元培年事已高，宜防
意外，故商定到养和医院，悉心诊疗。

　　入院以后，详为诊案，脉搏如常，似无大碍，于
是注射了止血剂及葡萄糖针。但是到了4日下午2时，
蔡元培病势转危，精神骤衰，且不甚清醒。经数名医

1980年北京各界召开"纪念蔡元培先生逝世四十周年大会"

生会诊，一致认为是胃出血，建议施行输血手术营救，只是夫人担心蔡元培年事已高，恐输血反应甚大，不能抵抗，因此表示不到万不得已之时不愿输血。随着蔡元培病势沉重，不得不实行输血，时已深夜，原定之输血者遍寻不得，当时侍奉左右的蔡元培胞侄太冲及内侄周新自愿输血，经赶往香港大学实验室检验，太冲之血同型。输血后精神转佳。但次日蔡元培再次转危，撒手长逝。

蔡元培病逝以后，国共两党领袖先后发来唁电。毛泽东在电文中高度评价了蔡元培在教育界中的地位和人品，称其为"学界泰斗，人世楷模"。政府和社会各界都纷纷举行各种活动来悼念蔡元培。

3月7日，蔡元培遗体在香港摩理臣山道福禄寿殡仪人硷、殡仪馆悬挂着蔡元培的遗像，四周堆置着各界致送的花圈，中央放置着黄色的中式棺木，上面放置着蒋介石所赠的花圈，四壁满悬挽联。蔡元培的遗体穿蓝袍黑褂礼服，头戴呢帽。入殓时，次子蔡无忌将其扶置棺内，上覆绣被，头部外露，上盖玻璃。礼毕，由蒋介石代表吴铁城及临时治丧委员会代表俞鸿钧主祭。

3月10日，蔡元培的灵柩举殡。为此，香港各学校、各商店均悬半旗志哀。家属先行家奠，随即由北

大旅港同学所组织的护灵队扶枢登车，次子蔡无忌奉
灵位后随，以丧鼓两对、提炉两对前导，继之为铭旌
车、遗像车，其后为灵车。蔡元培的家属、北大同学
花圈队及送殡亲友均步行后随。执绋者有5000余人，
行列整齐肃穆。灵车先人南华体育场，参加公祭的各
学校学生及社团代表共万余人，早已整队集于场内。
此时，全体肃立，静默三分钟，向蔡元培的遗体致悼。
灵车绕场缓行一周后，乃驶出场外，驰向东华义庄。
到了东华义庄以后，灵枢仍由护灵队扶下灵车，送人
殡舍月字号七号。就这样，蔡元培先生的遗体下葬于
香港仔华人公墓。

在战争年代，能有这么大的场面的公祭，恐怕只
有像蔡元培这样的人物才有可能。据一些人回忆，在

纪念蔡元培诞辰120周年，中国邮电部发行的纪念邮票

抗日战争时期，蔡先生的公祭场面最为宏大。

随后，国民政府发布褒扬令，对其一生作了很高的评价。称其"道德文章，夙负时望。早岁志存匡复，远历重瀛，研贯中西学术。回国后，锐意以作育人才、促进民治为己任。先后任教育总长、北京大学校长及大学院院长。推行主义，启导新规，士气昌明，万流景仰。近长中央研究院，提倡文化事业，绩效弥彰。"

1982年10月15日，蔡元培铜像在北京大学落成，各界人士前往瞻仰。

中华魂·百部爱国故事丛书
提　　要

《誓与禁烟相始终——民族英雄林则徐》

林则徐严禁鸦片，坚决抵抗西方列强的侵略，坚持维护国家主权和民族利益。他是中国近代历史上第一位睁眼看世界的人，是抗击帝国主义殖民侵略的第一人，是中华民族抵御外侮过程中伟大的民族英雄。

《血洒虎门御敌寇——抗英将军关天培》

民族英雄关天培，在第一次鸦片战争中为了抗击英国侵略者的入侵而血洒虎门，为国捐躯，谱写了一曲可歌可泣的英雄赞歌。关天培用他的生命，书写了中国人民反抗外侮的历史。

《威震镇海靖节魂——抗敌英雄裕谦》

在第一次鸦片战争期间的众多牺牲者中，有一位官阶最高，他就是两江总督裕谦。裕谦与外国侵略者斗争立场坚定，与国内妥协派、投降派斗争态度坚决。裕谦督战镇海，与英国侵略军浴血奋战，临危不惧，以身报国，浩气长存。

《斩邪留正解民悬——太平天国领袖洪秀全》

农民出身的洪秀全，从失意文人到起义领袖，经历了长期的思想演变过程，在外敌入侵、清朝政府腐朽的历史环境之下，顺应时代的潮流，成长为一位非凡的历史英雄人物，建立了与清朝政府相抗衡的农民政权——太平天国。

《仰承汉唐　荟萃中外——近代数学家李善兰》

李善兰是我国19世纪重要的科学家之一，在数学、天文学、力学等方面都有重大建树。他继承了我国古代数学的成就，又以极大的热情传播西方科学文化，"仰承汉唐，荟萃中外"，把自己的一生献给了科学事业。

《严谨治学　勇于探索——近代著名数学家华蘅芳》

华蘅芳，中国近代数学家之一。其精通中国古算学，并熟练掌握西方近代数学，是中国验证抛物线并著书立说的参与者。为了证明"外国有的，中国也能造"而鞠躬尽瘁，在引进西方科学技术、传播科学知识上贡献卓著。

《折冲樽俎护山河——近代著名外交家曾纪泽》

曾纪泽是中国近代史上著名的爱国外交家，在中俄伊犁交涉事件中，他秉承抵抗列强、保卫国家的坚定意志，利用外交手段全力同沙俄抗争，捍卫了国家主权、民族尊严，收回了祖国的领土，在近代中国外交史上留下了光辉的一页。

《甲午海战留英名——民族英雄邓世昌》

邓世昌，北洋水师名将。本书以邓世昌的成长过程为线索，以代表性的历史故事为主要内容，还原真实的历史事件，突出鲜明的人物性格。邓世昌因在中日甲午海战中突出的英雄气概而名垂史册，书写了伟大的爱国主义篇章。

《誓与舰队共存亡——北洋水师提督丁汝昌》

丁汝昌处在清朝政府的腐朽和李鸿章的专断下，难以施展爱国的抱负，壮志未酬，愤恨而终。但丁汝昌为建立近代海军作出的巨大贡献，带领北洋舰队爱国官兵勇抗强敌的英雄事迹，将永远为后代所传颂。

《镇南关上凯歌扬——抗法老英雄冯子材》

1885年中法战争中，年逾古稀的冯子材为抵御外国侵略，勇赴国

思想自由　兼容并包

——著名教育家蔡元培

难，大败法军于镇南关，并乘胜追击，接连收复文渊、谅山等地，从根本上扭转了中法战争的局面，成为近代民族英雄的杰出代表。

《屡败法军逞英豪——黑旗军将领刘永福》

刘永福是黑旗军的创建者，是农民出身的杰出军事家、政治活动家。在19世纪发生的援越抗法、中法战争中，他率部与帝国主义侵略者进行了殊死的战斗，建立了卓越的功勋，成为我国近代史上著名的民族英雄，为后世所景仰。

《矢志变法强国家——戊戌变法领袖康有为》

康有为是清末民初最有影响力的思想家之一。他领导了中国知识界的启蒙运动，掀起了一场自上而下的政体改革。他最早在中国提出了立宪政体和具体的宪政方案，主张在坚持儒家传统和帝制的前提下，学习西方经验，他的进步思想对近代中国具有深远的影响。

《开民智以报国　普新知而图强——戊戌变法思想家梁启超》

梁启超，中国近代史上著名的政治活动家、启蒙思想家、史学家、文学家，戊戌变法领袖之一。本书以百日维新思想家梁启超的成长过程为线索，以代表性的历史故事为主要内容，还原真实的历史事件，突出鲜明的人物性格。

《我自横刀向天笑——维新志士谭嗣同》

谭嗣同在民族危机的严重时刻，投身改革救中国的洪流。为了带给祖国一个光明的未来，紧要关头，他挺身而出，用自己的鲜血激励后人，把宝贵的生命献给了变法事业。

《睡乡敢遣警世钟——用生命警策国人的陈天华》

陈天华是民主革命的活动家和宣传家。他写的《猛回头》《警世钟》等书，起到了革命启蒙的重大作用。为了激发留日学生的爱国情怀，他不惜投海自杀，演出了近代史上感人至深的一幕，给后人留下了难忘的印象。

《革命军中马前卒——民主斗士邹容》

革命乃"至尊极高，独一无二，伟大绝伦之一目的"；它是"天演之公例，世界之公理，顺乎天而应乎人"的伟大行动。因此，必须"仗义群兴革命军"。他激情高呼："革命独子万岁！中华共和国万岁！"这就是《革命军》的作者，中国近代著名资产阶级革命宣传家邹容。

《休言女子非英物——鉴湖女侠秋瑾》

为民族解放和妇女解放而英勇斗争的秋瑾，冲破封建礼教的思想牢笼，打碎封建精神枷锁，崇仰真理，追求光明，主张共和，坚持男女平等，最终献出了自己年轻的生命。

《血溅校场　杀身成仁——民主斗士徐锡麟》

本书讲述了反清志士徐锡麟弃文从武、投身反清革命事业，最终被清政府杀害的故事。出于对国家的热爱，徐锡麟献出自己的生命，他的事迹将永远激励后人深切缅怀这位民主革命的先驱。

《生可死耳　我志长存——献身民主的禹之谟》

禹之谟，民主革命党人，同盟会会员，近代资产阶级革命家、实业家。1886年，20岁的禹之谟"提三尺剑，挟一卷书"游历四方，研究西方社会政治学说，忧国忧民之心日趋强烈。戊戌变法失败，他丢掉改良幻想，倡革命救亡之说，走上民主革命道路。

《物竞天择　适者生存——资产阶级启蒙思想家严复》

严复是中国近代著名的启蒙思想家、翻译家和教育家。他长期从事教育和翻译事业，为近代中国人才培养和思想启蒙做出了重要贡献，同时他也为中国的翻译事业和中西思想文化交流做出了重要贡献。

《辛亥革命急先锋——资产阶级革命家黄兴》

黄兴，清末民初资产阶级革命家，中华民国开国元勋。黄兴在武昌首义及辛亥革命时期的爱国表现，与孙中山闻名于当时，常被时人以"孙黄"并称。本书以资产阶级革命活动实干家黄兴的成长过程为线索，歌颂了先辈伟大的爱国主义精神。

《矢志革命　百折不回——近代民主革命家廖仲恺》

廖仲恺追随孙中山踏上了创立民国与捍卫共和制的旧民主主义革命

之路；在新民主主义革命时期，他为建立、巩固首次国共合作和实施三大政策，英勇奋斗，为国殉职，洒尽了一腔热血。

《将军拔剑南天起——护国英雄蔡锷》

蔡锷是中国近代史上的杰出军事家、爱国者。他的一生短暂而伟大。辛亥革命爆发，他毅然投身于革命洪流之中，领导云南重九起义，对武昌起义积极响应。袁世凯窃国复辟、恢复帝制的阴谋暴露出来以后，他又毅然举起了武装讨袁的旗帜。

《反帝反封建运动——五四青年的爱国故事》

五四运动是一次伟大的反帝反封建的爱国运动；是一个伟大的历史转折点；是中国人民的斗争从挫折走向胜利的一个关节点，它为中国的前进开辟了一条全新的道路，拉开了中国新民主主义革命的序幕。

《思想自由　兼容并包——著名教育家蔡元培》

蔡元培是中国近现代著名的民主革命家和教育家，一生经历风雨，却始终信守爱国和民主的政治理念，致力于废除封建主义的教育制度，奠定了我国新式教育制度的基础，为我国教育、文化、科学事业的发展做出了富有开创性的贡献。

《为国家争光　为民族争气——中国铁路之父詹天佑》

詹天佑是我国最早的杰出铁道工程师，因主持建造京张铁路而闻名中外，被誉为"中国铁路之父"。他为祖国的铁路事业贡献了毕生的精力。本书向读者展示了詹天佑热爱祖国、科技兴国的辉煌人生。

《实业救国　衣被天下——轻工之父张謇》

张謇是爱国实业家、教育家。他年轻时中过状元。过了40岁，开始投身工商实业活动中，他的名言是"富民强国之本在于工"。在南通，创办大生丝厂、银行等各种实业。并将创办实业的大部分所得投入教育。他的观点是，教育和实业一样，也是"富强之大本"。

《心向革命　追求光明——平民将军冯玉祥》

冯玉祥将军"是一位从旧军人转变而成的坚定的民主主义战士"。

抗日战争期间，他辗转各地，用实际行动积极抗战。日本战败投降后，他为了断绝美国的援蒋内战，又在美国四处演说，揭露蒋介石统治之黑暗，痛斥美国阴谋分裂中国的不良行为。

《刑场上的婚礼——革命烈士周文雍　陈铁军》

周文雍是广州起义的主要领导人之一。陈铁军出身于华侨商人家庭，却毅然投身革命洪流。1928年1月，两人接受派遣，回到广州假扮夫妻从事革命斗争，却不幸被捕。临刑前，两位烈士将敌人的枪声当作自己婚礼的礼炮，用生命和爱情谱写出一曲千古绝唱。

《星星之火　可以燎原——井冈山斗争的故事》

1927—1929年，毛泽东、朱德等老一辈革命家，在井冈山创建了农村革命根据地，进行了艰苦卓绝的斗争，建立了新型革命武装，点燃了工农武装革命之火，找到了农村包围城市最后夺取政权的中国革命的正确道路。

《新民学会的主要发起人——中国共产党早期革命家蔡和森》

蔡和森青年时期曾与毛泽东等人一起组织进步团体新民学会，参加五四运动，并在赴法国勤工俭学时研读大量马克思主义著作，回国后以满腔热忱投身革命事业，成为中国共产党早期重要的理论家和宣传家。

《威震黄浦江畔　高奏抗日壮歌——一·二八淞沪抗战》

面对日本侵略者的挑衅，十九路军在蒋光鼐、蔡廷锴的带领下，高举义旗，奋力一搏。一·二八淞沪抗战，是中国军人捍卫军人荣誉和祖国尊严所发出的吼声，谱写了一曲抗击日军侵略的英雄壮歌。

《将军恨不抗日死——慷慨就义的吉鸿昌》

在国难深重的20世纪30年代，吉鸿昌将军因拒绝执行国民党指示，坚决不打内战，被迫携眷出国"考察"。回国后，他加入中国共产党，组织了民众抗日同盟军，英勇打击日本侵略者，后于1934年11月被国民党反动派杀害。

思想自由　兼容并包
——著名教育家蔡元培

《献身革命　甘于清贫——梅岭忠魂方志敏》

大革命失败后，方志敏凭着"两条半步枪"起家，身经百战，创建了赣东北革命根据地和红十军。本书真实记录了方志敏投身于革命、领导红军和敌人进行艰苦卓绝斗争的经历，歌颂了烈士贫贱不移、威武不屈、献身革命的高尚品质。

《奏响中华最强音——人民音乐家聂耳》

聂耳在他有限的生命中创作了数十首革命歌曲，在抗日救亡运动中，聂耳的这些歌曲产生了广泛深远的影响。他的音乐创作为中国无产阶级革命音乐的发展指明了方向，树立了榜样。

《横眉冷对千夫指——中国文化革命主将鲁迅》

鲁迅不但是伟大的文学家，而且是伟大的思想家和伟大的革命家。在那风雨如晦的黑暗年代里，他以笔为投枪，同一切帝国主义和反动派进行了顽强的战斗，为中国人民树立了一个不朽的丰碑。他是新文化战线上的一面光辉旗帜，是我们伟大民族的灵魂。

《铁流两万五千里——红军长征的故事》

红军长征是人类历史上的一次伟大的壮举。第五次反"围剿"失败后，中国工农红军的三大主力在极端艰难的条件下，突破国民党军队的围追堵截，进行了史无前例的战略大转移，总行程达两万五千里以上。途中发生了许多动人故事，至今令人难以忘怀。

《荣辱不移革命志——创建陕北红军的刘志丹》

刘志丹是杰出的无产阶级革命家、军事家，西北红军和西北革命根据地的主要创始人之一。他一生热爱人民，追求真理，英勇善战，百折不挠，艰苦奋斗，忠心赤胆，为创建红军和革命根据地、为中国人民的解放事业建立了不可磨灭的功勋。

《英名永存北平城——爱国将领佟麟阁　赵登禹》

1937年7月28日，日军向北平郊区发动进攻。第二十九军副军长佟麟阁奉命在南苑率部与日军苦战，腿部受伤，头部被敌机炸伤，壮烈殉国。第一三二师师长赵登禹指挥部队顽强抵抗日军，右臂中弹负伤，仍继续作战。后在转移途中遭日军截击而牺牲。

《八百壮士　四行仓库铸军魂——谢晋元和他的战友们》

八一三抗战，中国军人以血肉之躯揭开全面抗战的帷幕。这是一场血战，是中国军人不屈不挠的英雄诗篇，其中的八百壮士守四行，成为这首英雄颂歌中最动人、最凄美的音符。一曲四行保卫战，铸就了不屈的军魂。

《八女投江　气贯长虹——八位抗联女战士》

抗日战争时期，以冷云为首的东北抗日联军8名女战士，为捍卫民族尊严，面对凶残的日寇，镇定自若，宁死不屈，投江殉国，表现了中华民族同敌人血战到底的英雄气概。她们的光辉形象，激励着千千万万的后来人。

《艰苦抗战　威震敌胆——著名抗日英雄杨靖宇》

杨靖宇将军是我国著名的抗日民族英雄。曾先后担任磐石游击队政治委员、东北抗日联军第一军军长兼政委、抗日联军总司令等职。领导军民对日寇坚持了长达9个年头的艰苦卓绝的斗争，最终以身殉国。

《死也不当亡国奴——镜泊抗日英雄陈翰章》

陈翰章，从1932年8月投笔从戎，直到1940年12月8日为抗击日本侵略者，战死在镜泊湖畔。他在抗日疆场上奋战了九年，他那可歌可泣的英雄事迹将为人们永世传颂。

《名将殉国　气壮山河——抗日将军张自忠》

著名抗日将领、民族英雄张自忠，生于忧患的时代，抱有"宁为百夫长，胜作一书生"的志向，经历过失败与低谷，最终成就了慷慨人生。本书主要以人物活动为主，勾画出一个真正的"民族魂"鲜活的人生，会带给读者振奋的力量。

《宁死不辱战士名——狼牙山五壮士》

1941年日寇在河北易县"扫荡"。为掩护群众和主力部队撤退，五位八路军战士毅然把敌人引上了狼牙山棋盘坨峰顶绝路。弹尽粮绝、无路可退，五位英雄纵身跳下了万丈悬崖，用生命和鲜血谱写出一曲惊天地泣鬼神的壮举。

《太行浩气传千古——抗日名将左权》

左权，中国工农红军和八路军高级指挥员，著名军事家。是八路军在抗日战场上牺牲的最高指挥员。名将阵亡，太行山为之垂首，全党为之悲痛。周恩来称他"足以为党之模范"，朱德赞誉他是"中国军事界不可多得的人才"。

《虎将兴关外　抗倭统雄师——抗联英雄赵尚志》

本书描写了久经考验的共产党员、东北抗联的创建者和主要领导人赵尚志，在艰苦卓绝的条件下，坚持抗战，威震敌胆，战功卓著，忍辱负重，忠贞不屈，为国捐躯的英雄故事，为青少年读者呈上一部爱国主义的佳作。

《黄埔之英　民族之雄——抗日名将戴安澜》

抗日名将戴安澜，先后参加保定、漕河、台儿庄、武汉、昆仑关等战役，作战英勇，屡建奇功；入缅作战，"扬威国外，藉伸正义"；守东瓜，复棠吉；殒身缅北，遗恨丛林，马革裹尸，成就了光辉的一生。

《爱国志士　民主先锋——新闻出版家邹韬奋》

本书讲述了邹韬奋献身新闻出版事业的奋斗历程，展现了一位新闻工作者坚定的革命信念和炽热的爱国主义精神，全心全意为人民服务、为读者服务的奉献精神，歌颂了他的高尚情操和优良品质。

《为抗战发出怒吼——人民音乐家冼星海》

人民音乐家冼星海，青年时期在巴黎求学，饱尝屈辱与磨难；学成后毅然回到多灾多难的祖国，用满腔热忱谱写激昂的音乐，鼓舞中华儿女的斗志；奔赴延安，谱写出不朽的名作《黄河大合唱》，发出中华民族抗日救亡的怒吼。

《全民皆兵　抗击日寇——抗日战争的故事》

中国人民进行的十四年抗战，是一百多年来中国人民反对外敌入侵第一次取得完全胜利的民族解放战争。这场战争是以国共两党合作为基础，有社会各界、各族人民、各民主党派、抗日团体、社会各阶层爱国人士和海外侨胞广泛参加的全民族抗战。

《捧着一颗心来　不带半根草去——人民教育家陶行知》

陶行知是我国现代教育史上伟大的人民教育家、教育思想家。他从青年起就立志献身教育事业，以"捧着一颗心来，不带半根草去"的赤子之心，为人民的教育事业鞠躬尽瘁。

《为民主与和平拍案而起——民主斗士闻一多》

闻一多早年与梁实秋等人发起成立清华文学社。赴美留学期间由对祖国的深深眷恋而创作著名的《七子之歌》。后在西南联大任教8年，积极投身于抗日运动和争取民主的斗争，发表了著名的《最后一次讲演》。

《铁窗难锁钢铁心——革命先烈王若飞》

王若飞是我党早期杰出的无产阶级革命家。在艰苦卓绝的斗争中，他出生入死，屡建奇功，以超人的睿智和胆略，在敌人的监狱中，同敌人展开了殊死的较量，为抗战的胜利和新中国的诞生做出了卓越的贡献。

《横扫千军　还我河山——抗联名将李兆麟》

李兆麟是东北抗日联军创建人之一，他率领抗日联军历尽千难万险与日本侵略者浴血奋战，在极其艰苦的条件下，保存了抗日联军的有生力量，为东北光复做出了重大贡献。

《锄头开出新天地——解放区大生产运动》

为了解决困难，渡过难关，党中央号召党政军民齐动手，开展大生产运动。中国共产党在其控制区域内发动的一场军队屯田和鼓励生产的群众运动，达到了自己动手丰衣足食，共度难关，既进行革命又进行生产自足的目的。

思想自由　兼容并包

——著名教育家蔡元培

《生的伟大　死的光荣——女英雄刘胡兰》

刘胡兰，坚贞不屈的少年女英雄。生前对我国劳动人民的解放事业无限忠诚，在敌人威胁面前，大义凛然，毫无惧色，英勇牺牲，表现了共产党员的高贵品质。

《饿死不领美国救济粮——爱国知识分子的楷模朱自清》

朱自清作为爱国知识分子的典型，以锐利的笔锋直言痛斥反动政府的暴行，体现了他崇高的爱国情怀和不畏恶势力的精神品格。毛泽东曾给朱自清先生以高度评价："一身重病，宁可饿死，不领美国的'救济粮'"，"表现了我们民族的英雄气概"。

《为了新中国前进——舍身炸碉堡的董存瑞》

伟大的英雄，中国人民的儿子董存瑞，从儿童团长成长为一名光荣的解放军战士，在1948年解放隆化县城时，舍身炸碉堡，为新中国献出了自己年轻的生命。他的英雄形象永远留在人民心里。

《宁死不屈的共产党员——革命烈士江竹筠》

江竹筠，就是著名的江姐。1947年春，她负责《挺进报》工作，只几个月的时间，报纸就发行到1600多份，引起了敌人的极大恐慌。由于叛徒出卖，江姐不幸被捕，惨遭毒刑的残酷折磨，仍坚贞不屈。最后被特务秘密枪杀，年仅29岁。

《抗美援朝　保家卫国——志愿军的战斗故事》

抗美援朝战争是中国人民志愿军为援助朝鲜人民、保卫祖国安全，与美国为首的"联合国军"发生的战争。在朝鲜牺牲的志愿军烈士们，他们英勇的战斗事迹、保家卫国的精神值得我们发扬光大。

《上甘岭上壮烈歌——黄继光和他的战友们》

在1952年10月的上甘岭战役中，黄继光和他的战友们在零号阵地半山腰被敌机枪火力点压制，此时，黄继光身上已经多处负伤，手雷也已全部用光。为了完成任务，减少战友的伤亡，他用自己的胸膛堵住正在扫射的敌机枪射孔，为反击部队扫清了前进的道路。

《诗书印画　全入神品——国画大师齐白石》

齐白石出身贫寒，做过农活，当过木匠，后改学雕花木工，从民间画工入手，摹古人真迹，学诗文书法，融汇古今，而诗、书、印、画俱佳；他将中国画的精神与时代的精神统一得完美无瑕，使中国画得到国际的重视，无愧于"国画大师"的称号。

《毕生为文化而奋斗——中国第一出版家张元济》

张元济参与、主持和督导商务印书馆近六十年，使其从简单的印刷企业转变为当时中国教育出版的旗帜。张元济一生爱书，在中华大地动荡不安的年代里，他用自己对文化的热爱，续存着中华民族灿烂悠久的文明之光。

《独树一帜　梨园大师——著名京剧表演艺术家梅兰芳》

梅兰芳，京剧大师，演唱风格独树一帜，世称"梅派"。曾先后赴日本、美国、苏联演出，并荣获美国波摩那学院和南加州大学的荣誉文学博士学位。作为一位爱国者，抗战期间蓄须明志，拒绝为日本人演出，为后世称颂。

《华侨旗帜　民族光辉——爱国侨领陈嘉庚》

陈嘉庚是著名的爱国华侨领袖、企业家、教育家、慈善家、社会活动家。他为辛亥革命、民族教育、抗日战争、解放战争、新中国的建设做出了卓越的贡献。生前被毛泽东誉为"华侨旗帜、民族光辉"。

《向雷锋同志学习——伟大的共产主义战士雷锋》

雷锋，一个平凡而伟大的共产主义战士，一心向着党，一生秉承着全心全意为人民服务、无私奉献的崇高思想；发扬刻苦学习和钻研理论的"钉子"精神；坚持勤俭节约、艰苦奋斗的优良作风。毛泽东为其题词："向雷锋同志学习。"

《人民的好公仆——县委书记的好榜样焦裕禄》

焦裕禄，被誉为县委书记的好榜样。他用自己的革命精神，展开了与大自然、与社会落后现象、与病魔的多重抗争，让我们领略到一

111

思想自由　兼容并包
——著名教育家蔡元培

个共产党人的生之伟大、死之壮美的人格品质和具有现实教育意义的精神魅力。

《文学巨匠　京味大师——人民作家老舍》

老舍是我国现代小说家、文学家、戏剧家。他用融入骨髓的真诚文字反映生活的喜怒哀乐。老舍的一生，总是在忘我地工作，他是文艺界当之无愧的"劳动模范"，生前被北京市人民政府授予"人民艺术家"的称号。

《革命老人——无产阶级教育家徐特立》

徐特立是一代伟人毛泽东的老师。他出生在贫苦家庭，大部分时间生活在动荡艰苦的年代；他刻苦勤奋，不畏艰辛，追求光明，一生勤俭，为革命培养了大量的人才；他对党和人民任劳任怨，鞠躬尽瘁。他坎坷奋斗的一生，留下了许多可歌可泣的故事。

《人生能有几回搏——新中国第一个世界冠军容国团》

容国团先后担任中国乒乓球队运动员、女队主教练。获得1959年男子单打世界冠军；1961年夺得男子团体世界冠军；作为中国女队主教练，1965年率女队第一次夺得女子团体世界冠军。他的"人生能有几回搏"的豪言，举国传诵。

《石油工人一声吼　地球也要抖三抖——铁人王进喜》

王进喜，新中国第一批石油钻探工人。他为祖国石油工业的发展和社会主义建设立下了不朽的功勋，在创造了巨大物质财富的同时，还给我们留下了宝贵的精神财富——铁人精神。他被评为"百年中国十大人物"，写入中华民族的光辉史册。

《做人民需要我做的事——著名地质学家李四光》

李四光是一位伟大的科学家，他一生从事地质学研究工作，足迹遍布祖国的山川，为祖国探明了许多地下宝藏；他创建了崭新的学说——地质力学；他历尽重重困难，为正确认识地质构造开辟了一条新路。

《中国化学工业的先驱——著名化学家侯德榜》

为摆脱纯碱需要进口的窘况，20世纪初，怀着"实业救国"梦想的中国化工先驱侯德榜等人创办了永利碱厂，并立志生产出中国人自己的碱。1926年，永利碱厂终于成功地生产出"红三角"牌纯碱，从此中国制碱业得以跨入世界先进行列。

《毕生求是 一丝不苟——著名科学家竺可桢》

著名科学家竺可桢献身科学研究；治学严谨，一丝不苟；一生廉洁，两袖清风；作风民主，爱护学生。他以爱国之心、报国之志，从一个民主主义者逐渐成长为一个共产主义战士。

《热爱自然的大地之子——著名植物学家蔡希陶》

蔡希陶，五十载风雨，五十载坎坷，五十载奋斗，五十载开拓，为了发现对人类生产、生活有用的植物及新物种的引进而做出巨大贡献，在中国的植物资源学史上将永远镌刻着他的名字。

《高洁无私的襟怀——知识分子的楷模蒋筑英》

蒋筑英是中国当代知识分子的先锋典范，他不为名，不为利，尊重科学；他以坚忍的毅力和顽强的作风，在科学的道路上呕心沥血，鞠躬尽瘁，无私地奉献了青春和生命。

《迎接新生命的天使——卓越的妇产科专家林巧稚》

林巧稚是国内外享有盛誉的妇产科专家。在五十多年的医学教育和临床实践中，林巧稚亲自接生了五万多婴儿，治愈了数千病人，培养了数以百计的专门人才，为我国的妇女儿童事业做出了不可磨灭的贡献。

《独自成千古 悠然寄一丘——国画大师张大千》

张大千是20世纪中国画坛最具传奇色彩的国画大师，无论是绘画、书法、篆刻、诗词无所不通。在艺术界深得敬仰和追捧，艺术家们用真挚的感情，用绘画和雕塑展现了"张大千"多彩的艺术形象。

113

思想自由 兼容并包

——著名教育家蔡元培

《建造中国的通天塔——著名数学家华罗庚》

中国当代著名数学家华罗庚，为中国数学的发展做出了无与伦比的贡献，他是中国解析数论、典型群、矩阵几何等多方面研究的创始人与开拓者，也是我国最早将数学理论研究与生产实践紧密结合的科学家。

《问鼎长天　强我国威——两弹元勋邓稼先》

邓稼先是我国著名科学家，参加组织和领导我国核武器的研究、设计工作，从对原子弹、氢弹原理的突破和试验成功及其武器化，到新的核武器的重大原理突破和研制试验，作出了重大贡献。是我国核武器理论研究工作的奠基者之一，被誉为"两弹元勋"。

《敢叫天堑变通途——桥梁专家茅以升》

中国著名的桥梁专家茅以升从小立志为祖国建造桥梁，经过不懈努力，他不仅设计建造了一座座宏伟壮观、坚固实用的道路桥梁，而且搭建了一座座友谊之桥，为祖国建设作出了卓越贡献。

《蘑菇云之梦——核物理学家钱三强》

被誉为"中国原子弹之父"的核物理学家钱三强，更名后立志于科技报国；24岁投师于世界著名核物理学家居里夫妇；与夫人何泽慧合作，发现铀的"三分裂""四分裂"现象；统领我国的原子大军，做了大量创造性工作。

《两离桑梓地　满怀雪域情——领导干部的楷模孔繁森》

孔繁森，是一位一尘不染、两袖清风的好干部。两次进藏工作，历时十载，为西藏的建设、发展和稳定作出了突出的贡献。1994年11月，孔繁森不幸以身殉职。人民群众称他为新时期领导干部的楷模。

《摘取数学皇冠上的明珠——著名数学家陈景润》

陈景润是享誉世界的数学家，为了证明"哥德巴赫猜想"，他以惊人的毅力在数学领域里艰苦跋涉，终于攻克了世界著名数学难题"哥德巴赫猜想"中的"1＋2"，创造了中国乃至世界数学史上的辉煌。

《学术独步 饮誉四海——享有国际威望的科学家卢嘉锡》

卢嘉锡是一位在国际科学界享有崇高威望的物理化学家、化学教育家和科技组织领导者。1945年，卢嘉锡满怀"科学救国"的热忱回到祖国，对中国原子簇化学的发展起了重要推动作用，他所指导的新技术晶体材料科学研究，也取得了重大成绩。

《德艺双馨 梨园楷模——著名豫剧表演艺术家常香玉》

常香玉1941年赴陕甘演出。1948年在西安创办香玉剧社。1951年为支援抗美援朝，率剧社巡回西北、中南、华南各地演出，以演出收入捐献"香玉剧社号"战斗机一架，素有"爱国艺人"之誉。

《文学大师 激流勇进——著名作家巴金》

本书以巴金生平和主要事迹为线索，回顾和展示现代著名作家巴金的一生，以期让人们看到巴金在这风云变幻的100多年中，有过成功的欢欣，有过屈辱的磨难，有过痛苦的忏悔，有过平静的安宁。巴金的人生，映照着一代中国五四知识分子坎坷而不平凡的命运。

《壮心系科学 孜孜为国昌——理论化学家唐敖庆》

本书讲述了唐敖庆从出国求学、学业有成、回国任教，到服从安排、艰苦工作、刻苦钻研，最终成为中国量子化学奠基者的过程。让人们看到了这位著名化学家的赤心爱国、严谨治学、大公无私的崇高品格和科研上的卓越成就。

《中国导弹之父——著名科学家钱学森》

当第一颗原子弹升空的时候，当中国的人造卫星奏响《东方红》的时候，当中国运载火箭腾空而起的时候，当中国研制的导弹准确命中目标的时候，人们都会想起他的名字：中国导弹之父钱学森。

《中国近代力学的奠基人——著名科学家钱伟长》

钱伟长曾以中文和历史两个100分的成绩考入清华大学。九一八事变后，钱伟长毅然放弃了文科的学习而转为理科。他是中国近代力学、应用数学的奠基人之一，在固体力学、流体力学以及航空航天领域，取

115

思想自由 兼容并包

——著名教育家蔡元培

得了卓越的成就，为新中国的现代化建设付出了毕生的精力。

《中国光学科学的奠基人——著名科学家王大珩》

王大珩是我国著名的科学家，中国光学科学的奠基人。他先在清华就读，后赴英国求学，学业有成，立志科学救国，其成就享誉神州。他以科学的求是精神和赤诚的爱国情怀，探索着中国光学发展的闪光之路。